SHORT CLASSICS
短经典精选

いつも彼らはどこかに
―――――― 小川洋子 ――――――

他们自在别处

〔日〕小川洋子 著　伏怡琳 译

著作权合同登记号　图字 01-2025-0619

Itsumo Karera wa Dokoka ni
Copyright © 2013 by Yoko Ogawa
First publised in Japan in 2013 by SHINCHOSHA Publishing Co., Ltd.
Simplified Chinese translation rights arranged with Yoko Ogawa
through Japan Foreign-Rights Centre/Bardon-Chinese Media Agency
Simplified Chinese language copyright © 2023 Shanghai 99 Readers' Culture Co., Ltd.
All rights reserved.

图书在版编目(CIP)数据

他们自在别处/(日)小川洋子著;伏怡琳译. —北京:人民文学出版社,2023(2025.3重印)
(短经典精选)
ISBN 978-7-02-018151-3

Ⅰ.①他… Ⅱ.①小… ②伏… Ⅲ.①短篇小说-小说集-日本-现代 Ⅳ.①I313.45

中国国家版本馆 CIP 数据核字(2023)第 136794 号

总　策　划	黄育海
责任编辑	朱卫净　骆玉龙
出版发行	人民文学出版社
社　　址	北京市朝内大街 166 号
邮政编码	100705
印　　制	凸版艺彩(东莞)印刷有限公司
经　　销	全国新华书店等
开　　本	890 毫米×1240 毫米　1/32
印　　张	6
字　　数	112 千字
版　　次	2023 年 9 月北京第 1 版
印　　次	2025 年 3 月第 2 次印刷
书　　号	978-7-02-018151-3
定　　价	59.00 元

如有印装质量问题,请与本社图书销售中心调换。电话:010-65233595

SHORT CLASSICS
短经典精选

目 录

001 | 陪行马
025 | 河狸的小树枝
044 | 口琴兔
068 | 蔽目的小鹭
090 | 爱犬本尼迪克特
113 | 猎豹不日亮相
137 | 禁食的蜗牛
161 | 龙之子幼儿园

陪行马

她在单轨列车沿线的超市里做厨演促销,已经有七八年的光景了。工作就是把当天的特价商品做成试吃用的小菜,推荐给客人,帮店家增加销量。比如特销芦笋,就用培根卷起来插上牙签,放在平底锅里煎一煎。特销重制奶酪①,就切成骰子大小的方块包进饺子皮里,用色拉油炸一炸。然后,再把这些东西摆放到纸碟上,一边招呼"来一个吧,今天特价",一边设法吸引买东西的人停下脚步。

在厨演促销这一行,她辟出了一条只属于她自己的路。亲和、开朗、人见人爱、声音明丽、巧言力推,在外人看来这份工作必定需要的种种资质,基本都和她无缘。她笑容贫涩,寡言少语,声音轻细得被店铺广播一盖几乎全然听不见。可尽管如此,只要她端起纸碟往那儿一站,特价品的销售额便必然会增长。她就是有这样的本事。

---

① 又称再制奶酪,是用两种或两种以上不同种类的天然奶酪融化混合后加工成的奶酪制品。

首先最要紧的，她做试吃用的小菜从来不会偷工减料。她不能容忍切上几刀就直接摆盘之流的懈怠，即便花费工本也要配齐材料，制备出让客人忍不住想要伸手撷来一品的试吃菜点。就算是放了合成添加剂的廉价真空汉堡肉饼，她也要叠在切成薄片烤得松脆的法式面包片上，撒缀香料，演绎成卡纳派①开胃菜。不管是一块桌布还是一根小小的牙签，她都不会用那些司空见惯的东西，就连纸碟都要选择印有些许精美花纹的款式。

若要说她还有一样绝技，那大概就是看人的本事，能看透眼前的客人是不是真的需要特价品。每次有需要的人经过，她绝对不会看漏，必定会把目光直直地投射过去，静静地递上纸碟。"来一个吧，今天特价。"

而那客人就好像有人在他耳畔低语传达了什么至关重要的口信，会立时打个机灵停下脚步，抓起两三包肉饼，放进购物篮。

反过来说，她身上并没有那份强势，可以让无意购买的人硬生生地回心转意。说到底，都只是把特价品送到需要的人手里，或者说，帮顾客想起他需要这件东西，这便是她的做派。

有时是速冻食品柜旁，有时是蔬果区的一角，有时则在夹心面包和膨化食品的货架之间，她总是站在卖场的某一个角落。就像早

---

① 英文 canapé 的音译，以脆面包或脆饼干等为底托，放上小块冷肉、鱼片、酸黄瓜、鹅肝酱或鱼子酱等制成的西餐开胃菜。

已设计好的一般，在那只够容纳一人的空间里，悄无声息地隐匿起自己的身体。折叠小桌、煤气灶、平底锅、做菜用的长筷，还有擦碗布和其他杂七杂八的用具，也都如同她身体的一部分妥帖地收放在那里。她身上系一条不带任何装饰、唯独靠洁净就可以博人好感的围裙，化妆也只是抹一层润唇膏了事。头上则严严实实地包着三角头巾，完全猜不出里面是什么发型。为了把试吃的菜品衬托得愈加诱人，服饰装扮总是极尽素朴。

每次超市开门前，员工们开始奔前跑后，忙里忙外，她便会见缝插针，独自一人站定事先指给她的位置，利落有序地准备开工。架起折叠桌，铺上小桌布，给便携灶台装入煤气罐。然后把特价品切块，时而手包时而混搅，时而煎炒时而水煮。偶尔也会有负责特卖的店员或打零工的收银员来找她说话，但除去必要的工作联络，她从不跟他们多聊半句。等到第一个客人出现时，试吃的菜品总能以恰到好处的状态装盘出炉。她对工作就是如此全神贯注。

她从不妨碍任何人。既不会误撞在仓库和卖场间来回奔走的货运推车，也不会遮挡顾客们寻觅商品的视线。她每时每刻都异常谨慎，分毫不会逸出分配给她的那片小小的空间。那些和特价品无缘的客人，多半都还未留意到那里兀自站着一个身穿白围裙、头戴三角头巾的中年女人，便已经走了过去。

入夜，超市快关门时，站了一天的腿酸痛肿胀，鞋子也开始挤脚。特别是推销速冻食品的日子，背脊更是凉透骨髓，浑身上下各处关节似乎都在隐隐发痛，可她依然若无其事地默默收整。就跟早上摆放时一样，转眼间，所有用具都已归入手提袋。她原本站立的地方连丁点余息都不曾留存。那一整天指定给她的位置究竟在哪儿，此刻已没有人再能指出。

之后，她提着那只异常庞大的手提袋，搭上单轨列车，踏往归途。租的那间公寓，也是在这条线路的沿线。"你那套做菜的东西，不用带来带去，就放休息室好了。"有时也会有和善的店长这样劝她，但她固执地恪守着那套不属于超市编制的自由促销所遵循的规矩。就连用脏的锅，都不曾在员工厨房清洗，而必定要带回家去。

通常，有些本事的厨演促销都会大范围地周转于大型卖场，赚取更多报酬。凭她的实力，不知该有多少更有效率的挣钱之道。但她把工作地点限死在了单轨列车沿线的少数几家店铺。因为要搭乘单轨列车以外的交通工具，对她而言颇有难处。

有段时间，她也曾兜兜转转同时奔波于数家店铺。可就在某一天，搭车去郊外新开的商场时，没有任何预兆，她心头倏地掠过一丝疑问："假如就这样坐下去，自己到底会被带到哪儿去呢？"那是一个晴得叫人拍手称快的周六清晨。天上没有一丝云彩，路边房屋延绵的屋顶在朝阳的照耀下生发出片片光辉，手提袋里的东西和着列车的振动发出一阵咔嗒咔嗒的平和的声响。她抬起头看向线路图，找到要去的车站，在心里无声地念诵那个站名。下车的车站早已定好。尽管她一遍遍告诉自己，可到底会去哪儿，那一声声质问的回响却不曾停息。线路图上的列车线几度分叉却依然绵长地连接在一起，那些不曾耳闻甚至连念法都搞不清的站名永无止境地连缀成串。看着看着，她的身体开始僵硬，嘴里翻生出湿腥的唾液。指尖随之发冷颤抖，冰凉的汗滴落肤而下，一时竟不知该如何吐气如何吸气，视野越聚越窄。回过神时，只听到手提袋里的东西正在嘶喊："到底会去哪儿？到底会去哪儿？"

她硬撑着在半途下了车，坐在月台长椅上等待呼吸恢复正常。就在那会儿又有好几辆车从她眼前驶过。不管怎么想，要重新乘上这东西怕是不可能了。无奈之下她只得临时取消工作，花了好几个小时走回家。那之后，同样的情形数度重演，渐渐地，不知何时起她不敢再搭乘电车。

和那种不能随时下车被密闭在车厢里的恐惧略有些不同，让她无法忍耐的，是一种放任不管或许就会漫无止境地、被带往一无所知的遥远尽头的恐惧。

总之，她害怕去远的地方。离开自己身处的地点去往别处，对她而言这一举动本身就意味着危险逼近。在那遥远的地界究竟有些什么，她自然也说不清。只不过在那里，某种让人惶惶不安而又狰狞可怖到一旦涉足便无可挽回的说不清的预感正卷起旋涡，时刻等待着将她一把拉入黑暗的深渊。这一点她可以真切地感受到。

定下心仔细想想,她注意到,其实这世间不正充斥着各种隐喻在告诫人们远行的危险吗?移居南美的人终究受人蒙骗只得到一块贫瘠的土地,却不得不从事重体力劳动。为远离内战而坐船出逃的难民最终还是遭遇风暴,不为人知地葬身海底。被迫挤在牲口货运车里的犹太人到头来还是被送进了毒气室。登山家在雪山罹难,革命家因病客死异乡,航天飞机在空中爆炸。

可既然如此,为何人们还是执意要远走他乡呢?她只觉匪夷至极。国外姊妹城市的高中生前来进行友好访问并与市长会面。每每看到此类新闻,她总免不了坐立不安,担心那些人是否已平安返回,她甚至还曾在事后悄悄致电市政府询问后情。超市员工参加公司一日游的那天,她也终日都在祈祷他们平安归来。

不用说,她不得不改变自己的工作方式。自行车、公交车、地铁、旱冰鞋、摩托车、渡轮,她尝试了形形色色的出行手段,结果发现最能安心乘坐的便是单轨列车。这条忠实的线路依照既定设计,仅在固定车站和填海而建的机场间一次次往返,绝不会旁逸斜出。这条线路也从不与其他线路轻易牵手,毅然决然地保持着自身的独立。这几乎是唯一一种、可以把她还有那只装工具的手提袋准确无虞地送往目的地的交通工具。

当机立断,她在单轨列车沿线物色了一间还算凑合的小公寓,并随即迁入，然后在乘车可及的范围内和仅有的几家超市签订了合约。

只要解决了交通问题，厨演促销于她真是份再合适不过的工作。整整一天都站在同一个位置，无需挪移，只消一心一意牢牢守住许给自己的那一方空间。

有时她也会生出些遐想，任思绪去描摹那条自己和单轨列车一起描绘的、处于两座终点守护之下的轨迹，任目光像摹画星座般去追寻那条不会肆意绕行、纤微到几乎让人误以为可收纳于掌中的小小的轨迹。

回家路上，她把手提袋放在脚边，斜倚在车门上发呆。因为出不了远门所以选中这条单轨列车，可这条线路的许多乘客恰恰是往返机场的旅人。在他们酝酿出的兴奋、惬意和独特的疲惫中，她显然游离于众人之外。她眼含畏惧地看着这些手扶艳丽的旅行箱、即将飞往海外的年轻人，或是提着公文包看似出差而归的商务族。此人也好彼人也罢，虽不知是出于何种事由，却都如此这般单凭那一箱行李便要离开惯常居住的地方，把自己送往另一个处所。不然，就是结束了一程危险的旅程，正要踏上归家的路途。这都是何等的勇士！她不禁漏出一声感佩的叹息。他们那一具具违逆地球自转、用近乎光速的速度移动过的身体，为何又能如此自然地存在于眼前呢？她忽然陷入了一种诡异的错觉。

　　大海，河口，仓库，小艇与飞机，水鸟和桥。这些东西在车窗外一件件流逝。中途，能看到一座赛马场，她在内心悄悄期盼着经过的那一刻。她对赛马一无所知。也从没买过马券。但不知为何，只要渐渐临近马场，她就会感觉自身的气息比平时吸得更深沉，身体舒缓而放松。难道是因为在那索然无味的风景里，飘荡着泥土和动物的气息？又或者，是因为那片孤零零的独自割离的椭圆形场地，看上去就像一处被某种东西捍守一方的世界？

　　事实上，能实际看到马匹的机会很少。但即便如此，她也完全能感受到他们[①]正在马场外侧那片整齐划一的马厩里，静静地休养生息。马场各处堆叠着一垛垛干草，放着水桶、长靴和不常见的工具，马工宿舍的阳台上晾着洗晒的衣物。空旷的马场收整得一丝不苟，让人难以相信这竟会是给马奔走的地方，没有一丝足印，也看不到一片落叶。空无一人的观众席和上方的顶棚绘出两只漂亮的椭圆。虽然明明与周遭割离了开来，但出人意料的，那一方天空看上去格外阔然。

　　转眼工夫赛马场就被掠在了身后。她一直凝望着那片场地不曾眨眼，直到最后的那个小点也消失在视野中。和刚才一样，她依旧

[①] 依据原文，本书对动物的指称均使用"他"或"她"。

被围在一大群旅人中间。脚边那只经年累月破旧不堪、如今已经脱了线还满是污渍的手提袋的袋口，隐隐露出一小截锅柄。

那位阿姨出现时，总是提一只朱红色的串珠手袋。宽十五公分长二十公分，平薄得几乎放不进任何东西，就像夜市上卖的骗小孩的玩意。但她必定会把它勾挂在手肘上，缓步在店里转悠。她的装束虽然过时却还算整洁，烫得生硬的鬈发披落在肩头，耳垂上夹一对珍珠之类的耳环，初看亦可谓风姿绰约，可就因为那只品位低俗的手袋，让她整个人看上去都有些异样。她身形消瘦脖颈颀长，上颚向外凸起，脸上干得枯白。

阿姨很少买东西。极偶见的几次，也只是买一根黄瓜、一瓶干煮海味，或是一块油豆腐之类单手便能拿下的物品。在收银台结账时，她会拉开手袋链，极尽倨傲之能事，动作悠缓地取出一张单薄的纸币。排在她身后的客人毫不掩饰地露出不耐烦的神色。而那张纸币则因为珠粒的挤压，已经变得皱皱巴巴。

阿姨尽管不买东西，一天还是会来上好几回，每次都要在店里转上几圈，经过特价品柜台时必定要伸手拿一份试吃的小菜。对她来说，这阿姨是她那套厨演绝技也难以俘获的少数几个客人之一。阿姨从不买特价品。

即便如此，她还是会爽利地递上纸碟："来一个吧，今天特价。"

明知对方不会买,她也不曾把她和其他客人区别对待,就连那句一成不变的推销辞令也都复述如常。阿姨不会推脱,也无愧色,自始至终正气凛然,总是一副你都递过来了我也不好拒绝的神情,然后拿起一份,送进嘴里,蠕动脖颈上长长的筋线吞下肚去。手肘上的那只朱红手袋晃荡不止。

"嗯,也就这味道了。"

末了,还要来上一句诸如此类的评论,再佯装出一副"到底要不要买呢,还是算了吧"的模样。其实在心里,该是想再吃上两三份的。但在这一点上阿姨始终倨傲自持,必定要空出一段至少能在店里走上一圈的间隔。

不管多少次她都会配合阿姨。就算阿姨吃得太多,样品不够,也不过就是加做一批而已。她决计不会流露出厌恶的表情,更不会端出"每位客人仅限一份"之类的规矩,摆开拒斥的架势。

莫非就因为这样,又或者她精心制备的样菜甚合其胃口,那阿姨仿佛追在她身后似的接连登场。对于她如何轮班、去哪家超市,阿姨都了若指掌。

"盐是不是放少了?"

有时会给她些建议。

"再切大点怎么样?别那么小家子气。"

有时又会对分量提出要求。

一次次下来，她渐渐摸清了阿姨的喜好。比起那些醋拌海带或姜汁煎山药鱼饼之类的清淡样菜，阿姨更偏好口味浓重吃起来颇为实在的菜点。她最喜欢的莫过于炸物，用薄猪肉片裹上切片奶酪开油锅炸的那次，创下了史上最高巡游纪录。还有，阿姨对甜食来者不拒，但对扁豆退避三舍。那回看到纸碟上放着水煮扁豆配酸奶油酱时，她那失落的神情不禁让人心生怜悯。

不管是出于何种目的，她觉得有这么一位客人也不是什么坏事。就算无法反映在销售额上，有人渴盼着自己的厨演这样的事实无可动摇。不知从何时起，她会事先为阿姨备下分量略足的样品，暗暗藏在桌板下。等阿姨过来时再取放到纸碟上，并以对方易于拿取的角度递过去。阿姨一次都未曾错过。因为不管她做没做手脚，对方总能挑中最大的那一份。

即便在她俩早已称得上是老相识之后，阿姨的态度也不曾有丝毫怠惰，始终和她保持着偶然路过的顾客与厨演促销的关系，试吃之后也不忘合乎礼节地摆出"还是作罢"的姿态。

那只朱红色的手袋相隔很远就能一眼辨出。不管店里如何拥挤，唯有那点朱红决然不会被人潮淹没，始终忽隐忽现地翻动着游走在她周围。

夏日里的某个清晨,她看到一则新闻,说有一匹赛马要去法国参赛,现已从机场启程。报道说这匹名为"深威"的三冠王,有实力摘得权威大奖凯旋门奖,因而被人们寄予厚望。

为何会关心这样一条消息,她自己也说不清。三冠王所指为何,凯旋门奖又有多权威,她全无概念。或许"深威"这个名字曾经有所耳闻,但也就仅此而已。

即便这样,她还是把新闻翻来覆去地看了两三遍,最终视线落在了补充说明般添在末尾的最后一行:"为缓解前往陌生国度的压力,'邪恶代码'作为陪行马一同离境。"

新闻还配了一张两匹马进入集装箱的照片。他们伏目低看,相互依偎,温顺地站在集装箱里。"深威"看上去个头稍小。"邪恶代码"目光柔静,与"邪恶"之名极不相称。她就这样久久地凝视着名带"邪恶"的那一方。

到点了,她赶忙开始收拾工作需要的东西,往那只惯用的手提袋里塞进煤气灶、煤气罐、平底锅、围裙和其他烹饪用具。当天特卖松饼粉,所以还得带上打蛋盆和打蛋器。这袋子原本是装被褥的,如今缝口都已被拉得歪歪扭扭,提手的地方也严重磨损,袋身被油渍、调味汁和酱油日浸月染,颜色变得难以形容。提起这袋子,半个人都会隐没不见。

为了不妨碍其他乘客,她把袋子放在两腿中间,边用腿肚夹住,边靠在单轨列车的车门上。她在脑海里逐一捋顺烤松饼的步骤。不久赛马场出现在前方,依旧看不到马匹的身影。

那两匹马安然抵达目的地了吗?她再次想起了他们。好不容易有机会在这座打理得如此完美的赛场上,在这不容半点妥协的平顺椭圆的守护下尽情驰骋,某一天却突然被拖拽出去,装入狭小昏暗的箱室,送往遥不知名的地方……她不禁同情起他们来。

"深威"倒还算适得其所,身具超凡出众的才赋,积累了一场场卓绝的胜利,这次更是承载着万众的期许走向荣耀万千的舞台。他将从每个人那里收获关注,收获称赞,被人们高呼其名。不论此刻关在何等狭窄的箱室里,过后只要门扉敞开,那里便会盈满光明,光芒会直指向他,遍洒金辉。

那么,"邪恶代码"又当如何呢?她下意识地叹出口气。盆里的打蛋器咔当咔当撞得人心烦。她更用力地夹紧了小腿肚。赛马场已被抛在身后。远处的大海上可以看到一架飞机横穿而过。

能被选中缓和同伴的旅途压力,他想必应该是一匹亲善温良、坚忍不屈的马。若要论他本人的意愿,他恐怕也不愿去往那片从没见过甚至都没听过的遥遥陌土,但为了鼓励同伴,也为了履行自己被赋予的使命,他决意踏上旅途。

在集装箱里,他俯首贴近"深威",探出鼻尖,交换着只有他俩才能通晓的絮语。究竟何时才能从这黑暗中解脱?发动机隆隆不绝的轰鸣几时才能停止？等待在前方的又会是什么样的命运？为了压下一个接一个涌上心头的疑问，他们互换着彼此的体温。

好了，终于抵达目的地。训练开始。毋庸多言，所有一切都以"深威"为重，更为人珍视更叫人忧心也更被人悉心照料。有没有食欲？脚受没受伤？咳不咳嗽？工作人员无不惴惴不安地守候在侧。也许他们还会祈祷，真要有什么不测，都请降临在"邪恶代码"身上。假如，真有马神现身，并勒令人们献上一匹马活祭，大家一定会毫不犹豫地献出"邪恶代码"。

每个人都只关心"深威"。慕名而来的人们，无一例外地都在看着"深威"。至于他身边站着的另一匹马，恐怕都不曾进入他们的视野。可尽管如此，"邪恶代码"依然不嫉恨，不抱怨，泰然自处地咀嚼着干草。对充当活祭的命运，他早已有所觉悟……

报站广播响起时她猛然回过神，一把抓起手提袋。不觉间，竟已到了离特卖松饼粉的超市最近的车站。

那之后，比此前更进一步，她和阿姨的关系出乎意料地密切起来，起因源于一件小事。那天，超市即将关门，她正盘算着准备收工，突然注意到阿姨在和店员争执。阿姨要求对方把盒装寿司卷分出一半卖给她，那个年轻的店员已彻底被她居高临下的阵势吓倒，一时不知如何是好。

"我这人饭量就是特别小。"

那口气,似在责问对方你怎么连这都不知道。

"这么大一卷叫我怎么吃得完,所以我只要一半。这不是很简单的事吗?"

她很清楚,阿姨那天总共吃了十一盘烤猪肉拌土豆色拉。吃到这分上,腹胀肚撑自然在所难免。看上去刚入职不久的店员手足无措。"啊?这东西……要分一半?呃,这,这个……"那态度让阿姨愈加急躁。

"要不我们俩买一盒,然后各分一半怎么样?"她实在看不下去,出言相救。

"你饭量也很小啊?那可正好。"阿姨总算露出了满意的表情。

她先拿去收银台结账时,对方邀她"不如上我家一起吃吧"。就这样,两个人一同朝阿姨那间离超市五分钟左右步程的公寓走去。

阿姨的房间在高层公寓的顶楼,正对一条沿河伸展的散步道,能望见单轨列车舒缓蜿蜒的曲线、围在线路旁的成群的仓库,还有远处开阔无垠的大海。太阳已完全沉落,被涂暗的天空试图遮蔽整个洋面。阿姨的房间很乱,角落里积着成团的灰絮,餐桌上堆着信件、报刊广告和吃空的零食袋。

"到家了。"

阿姨说着把手袋扔到那座小山上,然后将手边的东西胡乱推开,总算清出了一片够吃寿司卷的空间。和饭厅相连的客厅边上,好像还有个房间,不过凝神细听也觉不出有其他人在家。她应邀落座,把手提袋塞到椅子下面。客厅里有个庞大的装饰柜,盖住了整面墙壁,里面满满当当地摆放着未经收整的不知名的小物件。那凌乱无序的氛围让整个房间都显得惶惑不安。

阿姨撕开包装,既未把里面的东西盛进餐盘,也没去拿各自用的小碗,而是直接抓起超市给的一次性木筷大口大口吃起来。不过,她好歹算是给客人泡了杯茶,但也就是从那只蒙着一层薄灰的热水壶里,往不知多少天没换的让人蹙眉的皱瘪茶叶上注入开水,再从洗手池里捞出两只滚在一边的不成对的茶杯,把茶水呼啦啦地倒进去而已。

阿姨边吃边讲起她的故事。她曾是某个药品公司老板的情妇。懂事前母亲就已故世,在市议会当议员的父亲将她视如掌上明珠。她幼年时就很会画画,长大进了美院,还去法国留过学,但因为父亲猝然离世,不得不断了当画家的念头,转行做珠宝设计,还开了家小店。就是那会儿,她结识了那位老板。两个人虽走得亲近但因为对方已婚终究没法结合。她便一边打理珠宝店一边在这间公寓里等着那个男人偶来相会。几年前那位老板先一步去了,她便关了店开始随心所欲地过日子。

概括起来大概就是这些内容。阿姨的目光始终朝向某个不会与她视线相交的极微妙的角度，目不转睛地凝视着那一点，一口气道出了这些话。其间，还不失时机地夹起寿司卷往嘴里送。对于她的事，阿姨似乎提不起半点兴趣，并没有问东问西。她只好从头至尾在一旁默不作声地听其讲述。

"您去过法国啊……"不知是不是因为不久前看到"邪恶代码"陪行的消息，她对这一段尤为敏感。

"嗯，去过啊。"

"那凯旋门，是个什么样的地方呢？"

"那可是座特别特别气派的门。"

阿姨再度打开话匣，顺溜而清晰地追述起留学时的回忆。

这个人曾去过法国，一个远得不着边际的地方。单单想到这一点，阿姨在她眼里就变得非同一般。那长过头的脖颈，那扑了粉的满是皱纹的额头，还有那只串珠手袋，倘若去过法国，这一切都得另当别论。不论看起来有多落魄多廉价，就单凭他们曾脱离惯常熟知的轨迹，循着无尽延伸的道路前行，克服种种无法预知的不安，踏上遥远的陌土并触及了那里的空气，就足以叫人肃然起敬。眼前这个女人，经受住了出行的考验。

她重新打量起阿姨。在经历了如此艰危的出行之后，这个人为何还能这般若无其事地咀嚼寿司，品尝试吃用的样菜呢？她顿时觉得一切都难以置信。此时此刻那只手袋已不再是骗小孩的玩意，反倒透出一股威严的荣光。阿姨还在讲述。嘴角边黏着几星海苔的残片。

没过多久，她便获知阿姨不仅去过法国还游历于世界各地，这让她更加感到诧异。阿姨跟那位情人老板，为采购宝石每年都要出两三趟国，兼作度假。

"那边放的每一样东西，都是那时候买的纪念品，你看看。"阿姨得意地指向那个装饰柜。

"原来如此。"

她恍然领悟到，房间里弥漫的杂乱无章，恰恰意味着所到之处的多彩多姿，而其行游之遥远大概就是让自己感到惶惑不安的原因所在。柜子里有裹着民族服饰的人偶，也有涂成纯色的节庆假面；有棕榈叶编就的斗笠，也有城堡的微缩模型；未上釉的素烧陶壶、蕾丝桌垫、书签、雪景球、岩盐雕、圆珠笔、拖鞋、信件架……总之，各种纷繁的物件压叠交摞在一起，埋没了整面墙壁。

阿姨的故事告一段落时，她起身告辞。最终阿姨吃掉了七块寿司卷里的五块，而那一半的钱到最后也未曾付给她。

赛马场已沉入夜色。在月亮的清辉下，那片顶棚艰难地保持着自身的轮廓。她又开始忧心"邪恶代码"的命运。到底要去哪儿？不管如何追问都不会有人回复。就为了慰藉区区一匹赛马，他便被锁入无尽的黑暗。她在脑海中描画着他褐色的身躯。远行，他一边战栗于这个词所散发的带有诅咒的余韵，一边被运往高远的深空。她渴望至少能抚摸一下他的鬃毛，虽然明知无法触及，却还是忍不住伸出手去。她从没触摸过马匹，却能感受到掌中传来的抚触。那片鬃毛细密紧致英姿飒爽，温热暖人。

照明和马工宿舍的灯都已熄灭，马厩安静得让人无法想象那里面竟会有活物栖身。马匹们已然入梦。他们坐拥着那道牢不可撼的椭圆形轨迹，全然不知有那么一匹同伴被留在了遥远的异乡。

一架飞机，闪着橘色的光穿过夜空。单轨列车的终点就通往那架飞机。他将飞向自己最惧怕的地方，远方。她想着，仿佛第一次醒悟到这一点。也许是被云层遮挡，也许是被吸进了某个无法折返的裂隙，就那么一眨眼的工夫，已寻不到飞机的踪影。只有那闪烁的光点还残留在眼睑内侧。那光点，似乎又跟巡游超市的阿姨那朱红色的手袋重合到一起。只要带上那只扁平的手袋，就完全无需忧心。阿姨是那般英姿飒爽，挺胸直背，勾挂着那只手袋，集回了一装饰柜的纪念品。哪怕再远的地方，都能神色如常地安然归来。

快到站时,她拿起了手提袋。按理说带着这样一件远胜于那只朱红手袋的庞然大物,可去的地方自然也该比阿姨远上几倍,但她还是在固定的车站下车。她小心而警觉地走在夜路上,回到公寓,生怕偏离了单轨列车的轨道。在她身后,又一架飞机离陆远行。

寿司卷那次过后,有时,她会买些现成的熟菜到阿姨家一起吃晚饭。不论是烤鸡串、炸肉饼,还是烤牛肉,阿姨总要吃掉大半,剩给她的只有可怜的一小点儿,茶水则永远来自冲泡过的残叶。

阿姨就吸啜着那样的茶水,给她讲述跟情人一同旅行的见闻。每一处都是她从未涉足、从今往后恐怕也无缘涉足的地方。那里有令人振奋的美景,有童话般的国度和叫人难以置信的城镇,还有预示着世界尽头的沙漠。博物馆、植物园、歌剧院、修道院、热带雨林、游乐场,值得游历的景点数不胜数。餐厅里摆放着一排排美味佳肴,穹顶下则满是叫人雀跃的纪念品。偶尔也会遇上物品遗失、生一场小病或列车停运之类的意外,但过了不多久这些便会化作点缀旅途的笑谈。阿姨就这样和情人手牵手,步履欢畅地迈进在一个个未知的国度。

阿姨的叙述,每一段都完整得无懈可击。就像在重复事先背好且已复述多遍的故事,所有情节都已融进了身体。无暇提问,也忘了附和,她自始至终都在一旁侧耳聆听。听累了,便无奈地喝上一口跟温开水几无差别的茶。

"这个,是哪儿的纪念品?"

吃完饭,她让阿姨打开装饰柜给她看。她每指向一个吸引她目光的东西,阿姨都能不假思索地给出答案。也门、冰岛、玻利维亚、斐济,那些遥不可及的地名从阿姨嘴里蹦出时,似乎更平添一层神秘的韵律。

"那,这个呢?"

她拿起一只木雕的小勺。勺柄上,绘着老鼠或鼹鼠又或是其他什么动物的不怎么可爱的头像。设计虽然素朴,但舀起东西来怕是不太方便。

"捷克斯洛伐克。"

阿姨也不细看她手上的东西便脱口作答。她不经意地翻过木勺。超市隔壁那家杂货店的价标,依然完好地贴在背面。旁边的玻璃镇纸、铁皮自行车和贝壳项链上,也都贴有同样的标签。

有一天她接到阿姨邀约,请她陪着去给情人扫墓。阿姨还为自己搬出了一套说辞:以前因为顾虑到对方的家人一次都没去给他扫过墓,现如今自己年岁也大了,不知什么时候会出什么事,所以趁现在,一定要去为他合一次掌,祈一次福。反正要去,与其一个人上路,倒不如两个人结伴来得快活,不是吗?据阿姨说,墓地在北国的一座小镇，从机场坐飞机大约一个半小时。

要坐一个半小时的飞机，如果不坐就去不到那里，那该是多远的一个地方啊！她立时陷入一种茫然无措的情绪中。她觉得眼前晕眩不能自已，只想依偎到"邪恶代码"的鬃毛上。阿姨毫不关心她作何想法，开始讲起那座北国小镇。讲矗立在车站中央广场前的情人曾祖父的铜像，讲被评定为重要文物的情人出生的老宅，讲不踏过父辈的产业就无法横穿小镇的传说。话题一个接一个层出不穷，阿姨也不休息，一口气说个不停。

但阿姨的声音变得空灵而虚渺，恍如掠过耳畔的幻音。她兀自抚摸着"邪恶代码"的鬃毛。善良的"邪恶代码"不为自己而为别人，离乡去往遥不可及的远方。请让他平安归来吧！她虔诚地祈求上苍。

约定的那天，她第一次在单轨列车的终点下车，站上了机场候机楼站的月台。无法想象这竟会是一条单轨列车连接的站点，和其他熟悉的车站截然不同。天花板很高，银色的灯光满满洒落在四周，数不清的旅人穿梭交错。

进了检票口没多远，她在咨询台旁的小角落里找了个空当，等着阿姨。因为工作关系，她已习惯在不会妨碍人的角落藏匿起自己。

"要是阿姨真来了怎么办？"

到这里的目的就是为了等阿姨同行，怎么会冒出这样的念头？她自己也觉得不可思议。但每每看到身形相似的人影，心里又不免发怵。等到看清人影并没有提那只串珠手袋，才终于把一颗悬着的心放了下来。

"要是来了，我真会跟她一起坐飞机吗？"

她一遍遍问自己。在心里的某个角落，她坚信阿姨不会现身。证据是，她没有带旅行包，只是拿了平时惯用的手提袋。那虽是一只无论多么漫长的旅途都无需忧心的庞大手提袋，但里面露出的依然是那一小截锅柄。

不过，在更加深邃的心底某处，她又期盼着，如果是陪阿姨同去，说不定自己也能去往那遥远的彼方。就如同"深威"的陪行马"邪恶代码"那般，自己或许也能陪伴阿姨抵达那片北国的墓地。

每有单轨列车到站，就会有一小群人拥出检票口，从她面前走过。他们追随着复杂的箭头，朝正确的方向走去。广播里响起某个遥远城镇的地名，回荡于高高的大厅，在她头顶卷起层层旋涡。她等了很久，阿姨都没有出现。

如今，她依然在单轨列车沿线的超市里，做厨演促销。往返于既定的轨道，不会旁逸斜出，只在固定的场所烹制着试吃用的小菜。阿姨早已忘了什么情人的墓地，继续在样菜的周围一圈圈游走。

入秋后，她看到新闻，说"深威"败走凯旋门大奖赛，排名第三，后续又报，赛后归国没多久，就因被检出禁药而取消了名次。"邪恶代码"是否平安归来，却始终无人相告。

河狸的小树枝

海关出口的自动门打开时,我在熙攘的接机人群里,一眼便认出了青年J。两个人虽是第一次照面,彼此却同时留意到了对方。目光交接,互致笑颜。

"欢迎到来,长途奔波让您受累了。"

他说,就似在告诉听者他本人此刻正在复诵一段劳费了莫大心力方才记下的说辞。

"见到你很荣幸。对于令堂的事,我谨致以最诚挚的悼念。"

而我,也同样怕失了礼数,一字一顿地复述在飞机上反复练习过的语句。

"非常感谢。"

他欠了欠身,用那双摸不清是羞涩还是悲伤、同时又透出几分平静的眼眸看着我,然后轻盈地从手推车上取下行李,搬进了后备箱。他无论声音还是举止都很沉稳,褐色的头发轻柔地卷曲着,身形挺拔得需我抬颈仰望。他比我猜想得更为帅气,已长成一位俊朗的青年。

去年秋，在大学任教且兼职翻译的父亲因脑溢血猝然辞世后，其子J便与恋人一起生活在那座密林深处的宅院里。从机场开车过去约需一个半小时。我们由高速一路朝西北行去，沿途经过好几座小城。从转入这条傍河而建的林阴道开始夜色渐浓，四周被如墨的黑暗笼罩。在说完那套事先背好的词句之后，两个人皆不知该如何续话，一路上都安分地凝望着车灯照亮的前路。他没有用音乐广播或自说自话的闲谈来驱散这片沉默，始终专注于驾车。不过偶尔，也会冒出几句"精神还好吗？""热不热？"或"请小睡会儿吧"，以表达对我的关切。每句话的语气里，都暗含着"我说的话，能听懂吗？"这样的意味。

"嗯，我很好，没问题。"我答道。

我现在神清气爽，不热，也不困，你说的每一句话都听懂了，为了传达出这些意思，我一遍遍重复着"没问题"这几个字。J和我有同样的困扰，惯常都用着和对方互不相通的语言。

再开下去该不会就这样被拽入暗夜的另一端吧？在经过一段漫长得让人作此感慨的车程之后，蓦然间轮胎的响动骤变成了碾过柔嫩青草的触感，车开始减速。不久夜色深处有一星亮点越靠越近，眼前出现一团小小的光晕，是拿着手电出门相迎的恋人K。她是如此欢迎我的到来，就好像我来自世界上最遥远的地方，是她瞩望已久的最渴慕的旅人。但遗憾的是，对于她的语汇，我也同样只是一知半解。

我与J的父亲，往来近二十载，一直都是作家和译者的关系。直到最后，我们都未有一次机会谋面。但老翻译家时常挂念着我的小说，每有新作付梓必会热心研读，不离不弃地为我译出。我和他，名字双双印在封面上的书总共留下了十一册。

他生前，因为文学节或出版方的邀约，本有不少机会可以碰面，好几次甚至已经商定碰头的时间，但不知为何总会横生意外的枝节，不得不毁覆前约。每逢此时，便会相互聊慰"且留作下一次的期待"。日升月落，终于永世未得相见。

我们之间的往来几乎全凭书信。电话仅限于急用时，其余的翻译上的疑问、征询，下一部作品的构思，生日或圣诞问候，及至事务性的联络皆靠鸿雁，互通的信函百封有余。老翻译家笔头甚勤，每次空运寄去刚出版的新作，他都会写下一份比责编、比书迷、比任何人都至诚至性的感想寄回给我。在那些带有他姓名首字母水印的信纸上，钢笔写就的蓝黑色文字从头至尾分毫不乱，文风端庄规整，略显古意。不过又不会给人以生硬疏远之感，不仅有大学里的趣谈或出版人员的轶事之类幽默诙谐的闲话，有时还会夹杂几行绘写林中风景的诗一般的描叙。

让我尤为喜爱的是他信中的附笔，每次都写有一段关于其子J

的长长的文字。

"昨日整一上午我俩都在犁地,播撒胡萝卜种子。小J很擅长区分种子孰优孰劣。但凡色彩略显暗淡,或形状稍有歪斜的,皆逃不过他的法眼。胡萝卜的种子极小,我终究开始沉不住气,小J却耐心极佳地坚持到了最后。他取过可种一百平方米地的种子置于掌中,为防气息把种子吹跑,紧紧地闭住双唇,然后一粒一粒,逐一筛选。没多久,在他掌上,拇指和小指一侧,便各堆出了两座小岛。要触碰这些能结出果实的微小生命,最相宜的或许莫过于孩童的手指。等入秋,色染枫叶的时候应该就能收获了。胡萝卜配葡萄干的色拉是小J的最爱。

"因为一场小争执,上周,小J没对我开过一次口。照惯常的说法,就是到了'棘手的年纪'。起初我也是火冒三丈,但隔开些时间后不免羞愧于自己的不成熟,开始自厌自弃。这种时候,就本义而言用'天下父母无不盲宠'这样的说法也许不甚贴切,但创出这一说辞的人当真伟大。我确实盲目。令我意识到这一点的,一直都是小J。失语的日子,将我和小J连在一起的,唯有那台亡妻遗下的钢琴。入夜,从大学返家,摊展在谱架上的巴赫《哥德堡变奏曲》的乐谱被人翻动了数页。是日间,小J弹过。次日清晨,他和友人同去滑冰后,我又续弹了几段。然后让乐谱翻停在中止的那一页,留给小J。我俩就这样弹奏着《哥德堡变奏曲》。当然若要论弹琴的水准，我远不及小 J。"

有时候，附笔甚至会长于正文。为压抑心头越过正篇先读附笔的冲动，我每次总要动用些许自制力。

J 七岁时，任音乐老师的母亲患癌离世，那之后，老翻译家便身兼双亲独自一人养育其子。我与老翻译家的交往恰与 J 的成长不谋而合。从顽皮聪颖的孩提时代，经过后来那段"棘手的年纪"，然后升入美院离家索居，再到现在作为雕刻家渐次崭露头角，其间的历程我都藉由附笔一路溯来。在心里我习惯暗自称他为：附笔顽童、附笔少年、附笔青年。

告知老翻译家故世的信函是附笔青年 J 写来的。那封信里，没有附笔。

传书之余若时机合适，我们还会互赠些礼品。如手工做的眼镜盒、旅行时偶获的古罗马硬币或者香氛宜人的润肤露，都不是什么贵重的东西。里面最令我难忘的，当属他为庆贺值得纪念的第一册译本问世而赠予我的那架河狸的头骨。

"两月余前，在林中散步时发现了此物。死后应该过去了相当一段时间，已完美地化作骨骸。兴许是狐狸或旁的什么动物叼来的。其他部分不曾寻见，仅有这架头骨静静滚落在朝雾迷蒙的密林深处，埋于叶下。寻见野生动物的骨骸本不是什么稀罕事，只不过恰在那日清晨，我译完了你的小说，就因着这一偶然，情难自已地伸出手去，拾回了家。如你所知，河狸可凭那小小的身躯啃倒庞于其数倍的林木，而后运回枯枝，垒砌泥土，建造自己的居所。他们是当之无愧的勤勉匠人。在此我谨诚心祈贺，愿你的事业从今往后也能百尺竿头层层垒砌，在这密林之中，营建出一派无人思及的世界。

"顺提一笔，骨骸已由专业药品消毒，应该未留下分毫令人不悦的东西。"

河狸的头骨被慎重地包在一条旧毛巾里。和预想的不同，体积颇为小巧，轻巧得单手便可托起，呈温润的乳白色。轻抚表面，光洁滑润很是舒服。

概言之，虽只是一架头骨，但细看之下是一个由无数种形状的部件拼组而成的复杂集合。牙齿、上颚、眼窝、喉头、鼻翼，各部分仍忠诚地捍守着自己的职责，同时又呈现出不同的曲线之美，相携相连，安守于同一框架内。没有一根线条突兀显摆或扰乱作怪，每一处边角都经过缜密计量，只消略略变个方位就会显露出全然不同的表情。与此同时又极其自然地，透出那种从落叶中脱生的东西所特有的纯粹。

是命数已尽，还是被天敌所袭？他的牙齿一颗未少悉数健在，相对于放倒直径数十厘米的树木而言，这一颗颗牙齿，既谈不上硕大也不能算锋利，反倒拘谨得叫人忧心。不过，这些牙齿释放出愈加平滑的光晕，在那光晕的背后，似又隐匿着他们默默啃削树干垒砌的时光。

我当即把河狸的头骨放在了写作用的书桌一角，至今都不曾挪动。小说写到半途，我几乎无意识地便会朝其伸出手去，或包于掌中或用手指抚触，次数越渐频繁。我微闭双眼，侧耳谛听回响于林木间的啃削树干的声音，谛听他搬运枝桠时窸窣的步伐，还有在水里浮游而去时滑拨水面的响动。脑海中浮现出一座断河截流的令人叹为观止的水坝。除去老翻译家在信中告知的情况外，我对河狸这种动物一无所知，却能真切地感受到这诸般情境。触碰河狸的头骨，既是勒令躁动的语汇冷静待命的一声号令，也是让自己念及在那遥远的密林深处正有一人渴盼着我的小说的、一次深沉的呼吸。

得知老翻译家的死讯时，我最先看向了这只河狸，对着他遥寄哀思。河狸则用他空洞的双目静静地回望于我。

第二天早晨起床时，前一晚遍笼四周的黑暗被爽利地一扫而空，青绿的林木自不必说，树下被露水打湿的小草，田里犁得蓬松的土地，还有那无依无凭左右摇晃的虞美人，所有一切都铺呈在眼前。尤让我惊诧的是窗外竟有一潭空阔的池塘。我全然不曾料想在离自己数米之遥的地方竟会有如此丰沛的水源，睡梦中也未有丝毫觉察,就仿佛那水是伴着朝日从地底下瞬时涌出的一般。

池塘恬然地横卧在用作客室的小屋和 J 他们居住的主宅之间,外沿围有风情万千的草丛和灌木,碧如翡翠的池水盈满其间,将溢未溢。池面既不为啁啾不止的野鸟的啼鸣所动,也不受枝梢间洒落的清晨的日光所惑,始终寂然如镜,连丝丝涟漪都不曾泛起。

做客室的小屋原是一间年代久远的放工具的库房,此刻布局合理地摆放着简朴的家具,每个角落都干净齐整,床单也浆得硬挺舒适。一看便知 J 和 K 小姐为我准备得十分周全。打开窗,夹带着水雾、让人略感清冷的空气沁入室内,同时森林里溢出的类别迥异的声响,也随之清晰起来。即便如此,也丝毫不曾搅扰笼覆池塘的静谧。

主宅的玻璃窗上映出两个人的身影,似在准备早餐。正对饭厅的小花园里,摆着圆桌和座椅,纯白桌布的边角在风中摇曳。我赶忙换好衣服,在洗漱台前收整完自己,沿池塘外缘绕着弯朝主宅跑去。K 小姐注意到了我,打开花园一侧的窗,挥着手大声招呼:"睡得好吗?客房还舒服吧?快来,该吃早饭啦!"

我猜她说的八成是这些意思,便回道:"嗯,我很好,没问题。"

吃完现烤的面包和这一带取之不竭的树莓做的果酱,三个人一起做了几个简单的三明治，出门散了一段长长的步。

"得穿长靴。上礼拜下了很多雨。"J说着从储藏室里找出一双用过许久、看上去颇为舒适的长靴借给了我："这是我妈妈的，所以很旧。不好意思。"

旁边还摆着一双小小的浅蓝色长靴，紧紧依偎在侧。是"附笔顽童"的靴子，我当即便有了答案。

我们三个人之间的对话落差极为悬殊。我和J为摸索如何排组相互都知晓的为数不多的单词而煞费苦心，结果搞得两个人都战战兢兢，谨小慎微。相较之下，K小姐则对我听不听得懂毫不介怀，想到什么就爽朗地说什么。意思上的沟通先暂搁一边，只要嘴里蹦出些话语总能缓和气氛，她一路遵循着这一信念，即便我答得牛头不对马嘴也全然不在意。

三个人并排走了一小程后，我渐渐掌握了对话的要领。虽然落差依旧悬殊，但终于生出了随波浮荡的从容。在考虑意思之前，我学会了微笑或颔首。这一切，都得归功于K小姐。她比J略大一些，在邻城的一家儿科医院当护士。对于那些生了病说不出话，或年纪太小还不会说话的孩子，她肯定也是如此这般与他们相处的吧。

绕过主宅厚重的石砌建筑往东走，坐落着一片私家菜园，据说老翻译家直到亡故的那天早晨都还在亲自打理。原本住在城里的

J，在父亲死后，决定搬回老宅的很大一个原因，就是这片菜园。要把这片费数年之力施予堆肥且勤于翻耕的土地弃置不顾，他实在于心不忍。

此季正是夏令时蔬长得正盛的时节。西红柿、西葫芦、茄子、辣椒、紫苏、玉米、小西瓜……即便是一眼就能认出的品种，J在引介说"这是我们自家种的"之后，会带着颇为自豪的心情，逐一诵出菜名。这些作物有的搭了支架，有的披盖着防寒用的纱衣，各自都依其习性得到悉心的照护。行垄笔直，株间等距，每一颗成熟的果实都好似在接受祝福般，沐浴在阳光之下。

"那个是？"我指向蓦然跃入眼帘的菜园一角，那片作物显然刚抽芽不久，还很青嫩。

"胡萝卜。"他回答。

K小姐接着讲解起来。据我推测该是在介绍胡萝卜的种法。

我想起曾几何时老翻译家曾在信里评说，其子是个筛选胡萝卜种子的天才。我看向J青年的手。那双手久经日晒苍劲厚实，充溢着年轻雕刻家创制作品的力量。但同时又依稀能感受到，他一边轻吸慢吐一边在手掌上耐心筛选微小种粒的儿时记忆，依然停留在那一截截指尖的形态里。想必K小姐，也跟老翻译家一样，对他栽种胡萝卜的才能骄傲不已。

那之后他们带我参观了刚完工不久、由牲口棚改建的J的工作室，我们从那里经由一条丝柏林立的小道一路走向密林深处。途中经过一片落叶松林，走过一汪清泉，还路过一段长满三叶草的人为开拓的斜坡。野兔在羊齿丛中探头探脑，斑斓的蝴蝶在林木间时隐时现，蜿蜒蛇形的溪流里还能看到鱼儿们的背鳍映在水中。这期间野鸟依然片刻不休，在我们头顶的某处吟唱。这天天气晴朗，太阳高悬头顶，所幸有密林绿阴的庇护，阳光柔和而舒心。走累的时候，我们便就地找一处坐下，喝一口水壶里的冰红茶。那些三明治则是在一座凉风送爽的高坡上，躲在榉树的树阴里享用的。

正如 J 所荐，穿长靴是个正确的选择。一路上时有水洼或湿滑的地方，日照不足而未干的水塘也随处可见。他母亲的长靴穿起来很舒服。偶尔也会因橡胶与橡胶摩擦，发出两声啾啾的可爱声响。

我们愉快地聊着天，聊彼此的工作，聊喜爱的电影，聊拿手的菜肴。对话的模式一如刚才，我和 J 之间笨拙的沉默都由 K 小姐来填补。她的话音轻捷透亮，即便消去语意，也会如小鸟的鸣唱般悦耳地回荡在四周。

不知为何我们三个人都没有言及老翻译家。将我们联系到一起的毋庸置疑正是老翻译家，但我们都表现得像遗忘了这个事实一样。身处林中的片刻时光，姑且就让这林中才有的事物踞满整个心灵。是的，我们在无言中达成了这样的默契。

从林中回来后，K小姐突然提议去池塘游泳。

"什么？这里？能游吗？"

"嗯，水很干净，每年卫生站都来检查。"看到我发怵的样子，J补充道。

可我一没带泳衣二不擅游泳。见我磨磨蹭蹭地不知所措，K小姐强势地催促起来，还拿出自己的泳衣借予我穿。泳衣是光鲜亮丽的橘红色，于我显然太过张扬，但因为不想破坏他们两人趣味盎然下水畅游的兴致，我只得无奈作陪。

走下池边的石阶，缓缓将脚尖浸入水中，不出所料，池水果然冰得让人身子一缩。那两个人早已习惯，在水中畅然无阻地变换着行进的方向，忽而下潜探底，忽而打起水仗追逐嬉戏。我则颇为谨慎，为了在万一溺水时可以迅速抓住水草，先沿边缘走了一段，试探深浅。池底粗粝不平，踩得我脚下生疼。

"快到这儿来。别担心，没问题的。脚都能够到底。"

K小姐下了水更显活泼。在池面反光的映照下，那脸庞、那透湿的秀发，还有那挂着水滴的指尖，无不熠熠生辉。在她身旁，J环抱她肩头展露着笑颜。含羞草舒展在池面上的叶片每每被风吹动，波光便会瞬息幻化出无穷的色彩闪烁摇荡，随我们激起的波纹一道在水面上漾开。他们两个人恰被围在那一圈圈磷光之中。

我鼓起勇气把脸没入水下。那一刹那，片刻前还映入眼帘的翡翠色瞬间沉入池底，眼前竟亮起一片透明的视野。不知是沙粒，还是截断的枯枝，抑或是小小的生物，晃晃悠悠地飘荡在眼前。不过池水清而不浊，树枝间穿落的日光直射入水中，化作数条光带。

我朝他们游去，凭着自成一派的蛙泳划拨开飘荡物，脚踹向那几条光带。

"好棒，好棒。就是这样。"

K小姐声援的话音，和着水声一起传至耳畔。忘了冰冷，忘了恐惧，也忘了自己为何来到此地，我全神贯注地朝话音传来的方向游去。

"我们去二楼好吗？"

J道出这句话时，我们已从池塘上岸，更衣完，坐定在小花园的圆桌边喝着冰镇饮料。

"上二楼，去看看我父亲的书房。"

太阳不觉间已开始西斜，不久前还盈满日光的池塘，此刻已被含羞草的阴影蔽去一半。

"好的，很乐意。"我回答。

这就好似一个暗号，K小姐应声站起，收拢桌上的杯子，摆出一副差不多该做晚饭的架势，进了厨房。

J领着我，推开了那扇正对着楼梯、由胡桃木制成的厚重的门扉。这里，便是老翻译家的书斋。

房间里生机盎然，叫人不敢相信这竟是一位故人的书阁。经年累月被用成焦糖色的书桌，占据整面墙壁的书架，躺椅，设计古朴的音响，仍放着巧克力外盒和国际象棋棋盘的茶几，几把椅子，绘有异域图纹的地毯，摆着一排相架的柜子，还有J母亲遗下的那台钢琴。这些家什和谐地排布在一起，即便如此，房内依旧宽敞，仍有余隙。东侧和北侧的两扇窗前，映入一派柔和的光晕，似在通报日暮将近，梁木间和钢琴下已有单薄的暗影想要伺机潜入。一如老翻译家生前的秉性，书本、资料和唱片都收放得一丝不苟，房间的各处角落仍弥散着屋主的气韵。棋盘上的对局看似刚刚过半未见分晓，躺椅上的毛毯漫不经心地堆作一团，钢琴谱架上的乐谱，也依旧翻展在某一页。

在J青年的促邀下，我踏入房中缓步而行。书架的一角集中摆放着我的书。在这座庞大的书架上，它们仅占据一片极其微小的空间。然而，那却是老翻译家和我共同成就的事业，是我们无可动摇的证据。

石砌的壁面透出丝丝阴冷，地板不时会传出几声倾轧的声音。日间鸣唱不休的野鸟不知何时已消声隐迹，剩下的，只有K小姐在厨房忙碌时远远传来的响动。我在房里绕行一周，该看的都注目凝望，间或侧耳聆听，还轻轻触碰了一下夫人怀抱襁褓中的J的照片。最后，站到了书桌前。

"父亲习惯早起，"J说，"在黎明前起床，做翻译。"

透过东侧的窗户能清晰地望见那片菜园。老翻译家的身影恍然浮现于眼前，在节节东升的旭日的映照下，他一边眺望开始放出绚丽辉彩的蔬菜一边坐到书桌前。桌上仍原封不动地留放着他半途而止的工作。在那本贴有浮签、记着批注的书里，浸染着老翻译家的体温，笔记本上潦草地记着一些语汇，几大本词典正在一旁按兵待命。桌前的皮革椅像要绘出主人的身形般变了色，靠垫已然凹陷，不难看出老翻译家在这里送走了何等漫长的时光。

忽然，我注意到书桌边的角落里摆有一小块画板，而且，不明缘由地散落着几截形状迥异的树枝。

"这是他翻译时最需要的。"J青年拿起一截树枝，告诉我。

细看方知那并非普通的枯枝，树皮已被剥净，枝身光洁滑润犹如象牙。

"是河狸啃过的树枝。"

"河狸？"我脱口回问。

"是的，他们擅长啃树皮，"他边用手指摩挲树枝边回答，"开始翻译时，父亲会先去森林散步。边走边在心里想那个小说。看到河狸啃的树枝，就捡。把一根一根树枝，想成小说里的人物，放进口袋。"

能听懂吗？他用征询的目光看向我。是的，当然。我也用回复的目光点点头。

"他把树枝放上画板，在这里表现小说的世界。场景变化了，就移动小树枝。这样来翻译。"

我从J手中接过树枝。上面有个小小的树突，前端分成两股。那乳白色纯得没有一丝污浊，触感异常滑润，让人情不自禁地想将它捏握于掌中。虽然树枝本身已经枯朽，但在河狸勤勉的劳作下，它看上去就似被赋予了另一种不同的生命。

我想起自己书桌上的那架河狸的头骨，想起一字一句、把原文置换成另一种语言、在河狸的小树枝的指引下、走过一段段遥遥无期的漫漫征途的老翻译家。我小心翼翼地把树枝放回画板上原先的地方，生怕位置有所偏移。

斜阳已彻底西沉。森林逐渐退向暗夜深处。原本残挂在半空的夕阳，此刻正欲隐入夜色当中。北侧窗玻璃上映出的工作室，轮廓也已模糊，变得暗淡不清。

"我有一个请求，"我说，"能为我弹一曲吗？"

J点点头，坐到钢琴前，轻瞥了一眼翻开的乐谱，而后极其顺畅地弹奏起来，仿佛在延续一件每日必做的功课。是巴赫，《哥德堡变奏曲》，第二十五变奏。

琴音撼动着傍晚的昏暗，围裹住我们，缓缓填满整个房间。书本、棋盘、河狸的小树枝，房内的每件物什都在低目垂首，侧耳聆听。他那精于挑选胡萝卜种子的手指，在琴键上也同样优美。卷曲的头发垂落侧脸。阴影更浓，但那双从乐谱中竭力找寻父母容姿的眼眸，威严而明澈。他踩动踏板的脚上，仍旧穿着刚才那双长靴。

弹毕第二十六和第二十七变奏，他站起了身。我鼓掌致谢。他羞涩地欠身回礼，然后听任谱架上的乐谱翻停在第二十八变奏那页，合上了琴盖。

那晚入睡前，我又下到池里游了一回。幸得房门前的夜灯和满月的照护，四周并非漆暗一片，不久眼睛便已适应。他们两个人似乎还未睡下，二楼的一间居室里透出些许光亮。

池水比日间更冷，仿佛暗夜融于水中让水愈加浓密，紧紧吸附上了肌肤。我把脸浸入水下，瞠目凝视却一无所见。我沿着边缘轻手轻脚地划游，未料水声颇响，被风吹弯的含羞草唱和般摇响了叶片。密林深处，许是某种生物远远的嚎叫，又许是林木发出的窃窃私语，莫名的声响不绝于耳。

游过半周，突然，水流生变，有一只小物从我近旁穿过。那东西转眼间掠过视野的一角，不费吹灰之力，且无所畏惧，径直朝池塘中央一线而去。同一时刻水流又复归平静，划出的波纹也消隐无迹。

"是河狸。"我喃喃自语。

这话音无处可去，最终只能被渐渐吸入水中。我抓住含羞草的叶片，在池底站稳。脚下忽然传来一股奇妙的触感。我俯身捡起脚底的东西，借着月光鉴看。是河狸的小树枝。即便在这羸弱的光亮下，也依然释放着柔润的光芒。

这截小树枝，如今就放在河狸的头骨旁。当我坐到开始动笔的小说前，等待呼吸趋稳以便温习昨日写就的部分，或在某个众人皆已入眠的深夜，因为进展渺茫而心烦意乱忍不住嗟叹的时候，我就会看向河狸的头骨，然后取过小树枝置于掌心，凝视不动，如此便能唤醒那片曾几何时探访过的遥远森林的景致。

老翻译家在旭日未升时便已起身，体味词句，分解重组，赋予它们全新的样貌。不知多少回翻动词典，记下笔记，场景变换时，相应挪动画板上的树枝。窗外，可以望见被露水沾湿的蔬菜正在殷切地期盼着朝阳。J在牲口棚改建的工作室里，切削木块一如河狸。为了邂逅不知是谁藏于其中的某个形态，他不停捶打着铁凿。临近傍晚，他回到主宅，穿着长靴坐到钢琴前。然后在母亲遗下的钢琴上，继续弹奏《哥德堡变奏曲》。不久，厨房传来K小姐招呼他吃饭的话音。即便在日间刚刚看护过病恹恹的孩子，她的语调中也不曾沾染丝毫阴郁，依旧充满欢快与慈爱。

在森林的某个角落，河狸为建造自己的居所，与粗壮的林木格斗。用他那与生俱来的短小牙齿，无悔无弃地啃削树干。不觉间，那个瞬间蓦然降临。一株巨木轰然倒下，撼动大地的巨响在林间回荡。然而，不曾有人为他们喝彩。河狸只是默默地劳作。

那位此生已不得相见的人，那些今后或许都不会再重逢的人，还有那只仅有机会见到其骨骸的动物，都亲密无间地浮现在我心头。每个人，皆专注于自己的工作。我放下树枝，继续写起我的小说。

口琴兔

　　一大早，男人像往常一样，去翻改广场中央的手动计时牌，把个位翻成"9"，十位翻成"4"。

　　　　距离奥运会开幕还有 149 天

　　男人的职责就是让这个数字逐日减一。这并非什么难事。只要留个心，别睡过头或搞错数位，多半不会有问题。
　　"都已经不到五个月了。"男人自言自语。
　　广场上还弥漫着夜的幽黑，群青色的天空暗沉沉的，朝阳的气息仍在远方。四下里随处都是上周下雪后留下的脏兮兮的团块，喷泉的水淌在池底，混着枯叶和垃圾冻结成冰。面朝广场的店家都还拉着卷帘门，亮起的只有男人店里的那盏小灯。
　　一代传一代，男人家里经营着一间专卖早点的小餐馆，就因为离广场最近，开门最早，他们家便长年担起了翻计时牌的工作。但凡碰上什么特别的事，村里就会在广场的喷泉边，竖起一块倒计时用的牌架，如今已成惯例。比如瞭望塔竣工，彗星临近地球，广播台开播，运河通航，无轨电车首班车始发，工业博览会开幕，还有村立剧场关门……这每一桩事件，皆由男人的曾祖父、祖父、大伯父、父亲或是兄长日复一日，一次次地将数字翻减到"0"。依照事件大小，起始时间会选择"365""200"或"100"之类方便好记的数字。无论从哪个数字开始，一旦计时牌竖起，接下去的责任便落到了男人一家的身上。

他本人过去也曾有两次：外国制造的飞艇来访，村里诞生的伟人逝世五百周年。但和盛大的奥运会相比，这些都只能算是不值一提的小打小闹。更何况，那架为纪念两地结成姊妹城市而从北方半岛驶来的飞艇，在村外的练兵场遗址上着陆后不久就出了故障，结果成了副漏气的窝囊样，弃置很久都没人打理。至于那位逝世五百周年的伟人，除有传言说是个宗教领袖外，几乎没人听过他的名姓。

但奥林匹克运动会不可同日而语。架起"365"计时牌的那天，有线电视的摄影师和当地报社的记者都来采访。游客们纷纷在数字前拍照。到男人家小餐馆来的常客，也都把打招呼的内容换成了奥运会的话题。车站、村政府、学校、邮局，每一处都挂起了称颂奥运的垂幅，飘起了彩旗。风大的日子，到处会传来这些布条啪嗒啪嗒随风翻舞的声音。计时牌每减去一天，村庄洋溢的热情也就高涨一分。

不过严格来说，举办奥运会的是五十公里开外的那座大都会，主体育场和主赛场以及选手村都建在那里，这村子不过是分担其中的一个小项目而已。村里人自然都很清楚这一点。不管他们搞得多隆重，和纯正的主办地相比这里什么都不是，就像一时不慎误溅出的一小滴墨渍。世界上恐怕不会有任何人留意到这座小村庄的名字。这些他们也都心知肚明。

可那又怎么样呢？就算只有一项，村里要承办奥运比赛也是毋庸置疑的事实。这难道不是名留村史的无上荣耀吗？何况就这村子的规模来说，这样的程度刚好又体面又合称。每个人都这样开解自己。

当然村里没有赛场，得新建一座，目前尚未完工。每次经过那片被围栏圈起的工地，人们的期待都不免会在心里膨胀：究竟会是座什么样的建筑呢？同时又抱有一丝不安：到底什么时候才能造完？这样子能赶得及吗？工程本身全然看不出进展，只有起重机、铲车和油罐车异常惹眼，要辨识哪片场地有哪些变化极为困难。况且工地位置就在那架出故障的飞艇降落的地方，也就是过去的练兵场遗址，这又隐隐带来些不祥的预感。

不过真正让大家忧心的，既不是工程进度迟缓也不是飞艇的诅咒，而是即将在那里举办的赛事究竟是个什么样的比赛，没有一个村民搞得明白。第一次听到比赛名称，所有人心里都诚恳地冒出个问号：奥运比赛里真有这么个项目？没有一个人曾在录像上或亲临现场观摩过这项竞技，对于规则更是一窍不通。虽然不时也会传来些支离破碎的小道消息：是球类团体项目，需要相当大的场地，一场比赛得打上好几个钟头，可人们依然很难勾勒出它的全貌。

男人的小餐馆也会有几个在工地干活的人来吃早点。

"造得怎么样了？"

"那房顶就搭一半不要紧吗？"

"那两根高得离谱的竿子干吗用的？"

有些客人为多少打消些疑虑忍不住追问，可得到的净是些不怎么可靠的模棱两可的回复："嗯，就是那样吧……"

即便倒计时的数字减到了"150"以下，工程进度也还是慢慢吞吞，就好似在纠结该不该向人们披露比赛的全貌。难不成打一开始就不存在这么个比赛，造那么慢是因为怕被人发现真相？偶尔人们也会冒出这样的念头，但旋即赶忙摇头，驱走这虚妄的幻念，安慰自己：奥运会百分之百会开幕，不管是多不起眼的小项目，总是和这村子相合相称的。

也不知是什么人想出的主意，老早以前村里就规定倒计时牌必须设计成口琴兔的模样。口琴兔曾被村政府指定为吉祥物,以前只要往山里走两步,漫山遍野随处可见,但在男人祖父那一辈灭绝了。

那就是一种稀松平常毫无特色的野兔。体毛呈棕色,身长约三十公分。因为后腿特别粗壮,所以看上去矮矮胖胖。两只耳朵平行伸展在脑袋略略靠后的地方。眼睛是灰的,镶有一圈白边。身上仍留有较原始的形态,简直就是兔子这一词汇最忠实的体现。据说,他们把附着唾液的前腿交合在面前、不停擦拭嘴角污物的模样,看着像在吹口琴,因此得名。

男人刚懂事时,这兔子就已经灭绝,他只在照片上看到过他们的样子。灭绝的原因不外乎滥捕滥杀,目的除了取肉食用和剥制毛皮外,还有一个,就是为了拿他们胃里的石头。他们用来消化植物的胃石约摸鹰嘴豆[①]大小,呈纯净无浊的黑色,每只身上必有两颗。或许是在胃里颠来转去的缘故,胃石都是圆润的球体。村里人相信这些胃石可以解毒,所以过去大家都争相射杀口琴兔,剖腹开胃,取出两颗石子卖给药房。就这样一来二去,也不知从何时起口琴兔便销声匿迹了。

单论胃石,男人倒是见过实物。他祖父就有几颗,封在玻璃瓶

[①] 直径在3到5毫米左右,又名桃尔豆、鸡豆、鸡心豆等,在印度、巴基斯坦及欧洲较为常见,因尖如鹰嘴而得名。

里，收于卧房的橱柜内。祖父是个虔诚的胃石信徒，他攒下烟钱，从相识的猎人那里一颗一颗买下这些石子当宝贝收藏，把它们看作是可以拯救家人于危病的仙丹妙药。男人就记得它们过于深邃的色彩。无论盯着看多久，都不会映出黑色以外的任何东西，唯有纯粹的黑。肯定是因为这东西本来在口琴兔的胃里，一辈子都见不到光，所以才这么黑。男人凭着孩童的心思推测。他因为担心这些石子照了不该照的光，说不定会吓着人，还曾将小瓶推往橱柜深处。即便这样他还是对这些石子念念不忘，会背着祖父偷偷取放在掌心，不知厌倦地凝视上很久。和色彩一样深深吸引他的便是那份圆润。让人觉得无论花费多少精力，人手都不可能打磨出如此平滑如此完美的球体。只要把手掌稍稍倾斜一点，那石子就会骨碌碌地滚开去，好似要回到那个光照不到的原初的家园。

　　男人六岁患麻疹时，曾喝过一次口琴兔的胃石。当时他病情危重，连医生都说不知道能不能活下来，但祖父没有放弃。他在高热不退痛苦呻吟的孙儿的枕边，打开瓶盖，像在对口琴兔祈愿似的取出一颗石子，放进研钵磨起来。石子很硬。仿佛那深不可测无尽凝缩的黑在做最后的顽抗，怎么也不肯碎裂。即便如此，祖父还是毫不气馁地转动着研磨棒。格哩格哩的声音不久变成了沙啦沙啦，而后又转变为轻柔的沙沙声。那声音节奏规整，恍如来自遥远梦境的仙乐。

"啊,是口琴兔在演奏。"

在早已模糊的意识里,男人竖起了耳朵。那口琴的琴音下面,还能听到小石粒翻滚碰撞时发出的极微小的响动,就如同在伴奏一般。

也不知是不是那两小包裹在米纸里的胃石起了作用,男人的麻疹没多久便顺利痊愈,连发疹的痕迹都未曾留下。看到孙儿平安无恙后,祖父却像一命换一命似的,都无暇去饮那胃石,便死于脑溢血。

等到某位科学家宣布研究成果,说口琴兔的胃石并无药效时,距他们绝迹已过去了相当长的年月。要是早点发现也不至于灭绝。只可惜几乎没有人如此这般寄予同情。兔子只消改良下品种便可以无限繁殖,其中一个品种灭不灭绝,对多数人而言并不是什么大问题。那带着纯黑石子、吹着口琴的兔子,就这般无人怜惜地在深山里静静咽下了最后一口气。不过那些留在橱柜里的胃石,尽管成不了仙药,男人却依然不忍丢弃,常年保管在家,且算是以命抵命的祖父留下的遗物。

倒计时牌就挂在金属板做成的漫画式口琴兔的耳朵上,垂荡于两耳之间。许多年来一直都沿用同一块底板。这一次为迎贺奥运,村里狠心做了块新的。新兔子后腿站立,双目圆睁,两只耳朵竖得笔直。高度足有一米五左右。身体涂成浅驼色,远比真实的毛色淡，耳朵内侧则是柔嫩的粉红。毋庸多言，兔子的前腿自然恰如其名，吹着口琴。新兔子还极其周详地在爪间握着一把不能吹的口琴。其实就算不多此一举，大家也都知道他的绝技何在。

因为耳朵上用锁链挂着块计时牌，兔子看上去总有些惴惴不安。没料到脑袋上竟会被挂起这么大一块牌匾，他一时不知如何是好。假如有人能帮忙拿掉那真是感激不尽，他如此央求却又无人搭理。即便这样，他还是全心全意地吹着口琴。在男人眼里，兔子总是呈现出这样的风貌。遇上风大的日子，金属板常会抖得咔嗒作响，男人不免担心他会不会被吹倒，做生意时也忍不住从吧台后一次次偷瞄那只兔子。不管他背后有什么支撑，一旦晃起来，正在吹奏口琴的兔子可没法用前腿支撑自己的身体。

"让你受累了。"

翻计时牌时，男人必定会对兔子说这句话。每天早上，能让数字减一姑且也算是种安慰。比起奥运临近，口琴兔不得不顶起的数字的重负总算可以有些微减轻，后者对男人来说更有意义。翻完计时牌后，男人总要把锁链调上很长时间，看看它是不是稳当，有没有弄疼兔子的耳朵。

男人家的小餐馆为何代代都只卖早点？白天和夜里怎么不做生意？没有人知道确切原因。虽然装修和菜单偶尔会翻些花样，但从最先在广场上开店的曾祖父那辈起，小餐馆多年未改，始终只营早市。开店时间在六点到六点半之间，关店则铁定是在十一点。无论是暑假、节庆，还是圣诞，不管这日子有多热闹，只要一到中午十一点，就一定会关上大门，放下卷帘，打烊收工。

说不清是祖辈遗传的体质原因，还是代代相承的生意模式所致，男人家世代滴酒不沾。就跟他们见酒生厌的习性一样，这一家子对喝醉酒的人总是敬而远之。大概就因为这缘故才搞成了不卖酒的早餐店吧，外人大凡作此揣测。

不过小孩子中间也有些人觉得古怪，传他们是吸血鬼的后裔。男人在校读书时，每过一阵就会被人骂成吸血鬼受尽嘲讽。但他每每对祖父哭诉，祖父都只是扔下一句"别理他们"，对于他们家为何不是吸血鬼也不做任何解释。一到十一点还是一切照旧，就像在畏惧黑夜的气息般紧闭上店门。

餐馆菜单包括几款面包、咖啡、红茶、鲜榨果汁、鸡蛋火腿、玉米片、酸奶及牛奶燕麦粥等，并无新意。不过男人对原材料非常讲究，乳制品和水果都是从附近农家订购的时鲜货，就算价格略高，也一定要用精挑细选的东西。对于要进客人嘴里的食物，还自行规定了一套更加严格的保质期限。而比这些食品更为费心的，当属卫生管理。不止是厨房，就连吧台和桌子每天都要彻底清洁一遍。餐具更是不厌其烦地用沸水反复消毒，上面的花纹都已经半消半隐。

再晚，男人也会在清晨四点过几分时来到店里。穿上洗净的围裙，带子紧紧系到腰后，把前一天清洁时遗漏的地方收整干净。然后开始磨咖啡豆，切水果，打鸡蛋。他铺开桌布，加满纸巾，把报纸夹到夹板上。要做的事细数不尽。没多久面包房的小伙子送货来了。他手脚麻利地帮男人把余温尚存的面包搬进厨房，看得出都是方才出炉的东西。肉桂卷上的糖衣尚未硬透，散发出阵阵甜美的芳香，羊角面包则脆得似能发出声来。

"歇会儿再走吧。"

男人叫住小伙子，递上一杯咖啡。每天早上的第一杯咖啡，都是为面包房的小伙子冲泡的。只可惜还在见习的小伙子无暇歇息，总是站着一饮而尽，留下一句"多谢款待"，便慌慌张张地赶往下一家店铺。等男人把面包逐一排放到吧台前的玻璃柜里时，第一个客人也差不多该现身了，或是进货归来的花店老板，或是值完夜班的保安，又或是得了失眠症的寡居的老妇。如果正当时节，此刻天空应该已经泛白，第一缕朝阳也开始照上口琴兔的身体。男人生性仔细，总会再看一眼倒计时牌，确认数字是否无误。

因为做生意的关系，男人晚上从不应酬，所以少有朋友。他的祖父、父亲和兄长，也大凡如此。除了把餐馆的角角落落都依照自己的标准擦得明净透亮以外，他没什么其他兴趣。男人二十过半时结过一次婚，诞下一对双胞胎女儿，但自从接替英年早逝的兄长继承这家店后，夫妻关系日渐不睦，最终离了婚。妻子带着一双女儿离家以来，男人一直独身寡居。碰上开学典礼、芭蕾演出，或成人式之类的大事件，他便会收到女儿们的相片。虽然早在幼年时就已别居两地，但无论过去多少年月，无论两个人出落成何等模样的大姑娘，男人总能准确地辨识出谁是姐姐谁是妹妹。一个接一个，姐妹俩相继结识了人生的挚侣，嫁去了比举办奥运会的大都会还要遥远的他乡。如今两个人的相片，就跟装着口琴兔胃石的小瓶一起，摆放在那座橱柜里。

　　要是自己死了怎么办？男人有时也会思考这个问题。不要说两个女儿，就连外甥和侄女也都离开了村子，怎么想都不会有人愿意继承这么一家不起眼的小餐馆。其实如果单说餐馆，关了门也就一了百了，他真正放不下的还是翻计时牌的任务。就算奥运会顺利闭幕，将来会发生些什么谁都料不准。说不定什么时候又会迎来某个伟人的生辰纪念，又会有飞艇远道而来。到那时，该由谁来为口琴兔减去那头顶上的重负呢？

　　男人在心里喃喃自语，不禁叹了口气。想自己死后的事又有何用？到那时自己都已不在了。男人瞥了眼时钟，确认已到十一点，拉下了卷帘门。充斥广场的喧嚣和口琴兔都在卷帘门后渐离渐远，只剩下男人独自一人留在一片黑暗里。

随着破晓的时间越来越早，随着喷泉里的冰逐渐消融，也随着广场上欢聚的小鸟不断变换着种类，计时牌上的数字一天天变小。从城里传来的消息，终于渐渐带上了大幕将揭的意味：有关方面着手采集圣火；选手村的房间邀请媒体参观；纪念邮票正式发售；礼仪小姐服装首度亮相。然而在村里人看来，那些终究不过是遥远外界的花絮，他们的注意力最后还是会转向那座依然在建的赛场。

那片场地一如既往地袒露着尚不成器的样貌。既非浑圆也不是长方，更没有任何迹象显示会像体育馆那般覆上一座完整的建筑。除外侧围了圈简易围栏外，剩下的便只有不近情理的空旷，虽说是球类竞技，可连个像样的门都找不着。正因为这样，当村政府突然跑出来宣布赛场完工时，所有人都心头一怔。那天"距离奥运会开幕还有 78 天"。

为了亲眼确证，人们三五成群地聚集到练兵场遗址。还真是，工程车和建筑人员已经不见踪影，地上铺起了草坪，围栏上挂有庆祝竣工的横幅。但除开这些，这地方跟一个月前比究竟是哪里发生了变化实在说不清。这就算造完了？任谁心里都会闪过这样的疑问。只不过一想到一旦说出口，早先就已潜伏的"难不成打一开始就不存在这么个比赛"的疑虑恐怕会变为现实，大家都小心翼翼地斟词酌句，以免说漏了嘴。

"可真够大的。"

"就算来几千个人,也都能坐下。"

"那白颜色的标志是什么呀?"

"八成是区分两队地盘的分界线,错不了。"

每当忧虑悄然探头,人们就会看向那条横幅,凝视着在那里舞动的"庆祝"二字聊以自慰。可惜大概是村政府的人未能绑紧绳结,横幅极不庄重地耷拉着,而"庆祝"二字也和那张扬的朱红色形成反差,无精打采地焉作一团。

即便如此,村里人还是竭一己之力,用各自的方式为奥运造势:只要寻到一小点空间就会贴上海报;人们清理了喷泉的池底并把水调配成五种颜色;听说有国家因为资金短缺可能无法参赛,村里还办起了慈善义卖募集捐款;为给官方纪念品让出货架,纪念品店特意改换了货架的布置;饭店餐厅也纷纷推出奥运特惠套餐;孩子们在学校里勤快地练习合唱,高歌奥运会歌。

男人则继续翻减着口琴兔头上的倒计时牌。经验告诉他,变成两位数后,减小的速度感觉上会比三位数时骤增数倍,这次因为是奥运,此感更甚以往。自从减到两位数后,男人调整计时牌和兔耳时愈发谨慎。要是留意到喷泉的水滴因为风向洒溅到兔身,他必会稍稍挪移计时牌的位置。假如发现有习惯用脚踢东西或动不动就撞东西的大大咧咧的游客,他更会格外多留个心。上次有小孩把冰淇淋失手掉在了兔子的后腿上,他赶紧帮他清理干净。原本还担心搞不好会留下污迹,所幸店里备有各式强力清洁剂,最终无痕收场。

对于即将在村里举办的唯一一项赛事,村政府编写并派发了一份讲解资料,目的正是为了打消蛰居在所有村民心头的对比赛规则的疑问。但遗憾的是,他们的一番苦心并未结出硕果。相反,倒有点弄巧成拙。据说,科长助理还为这事进城出了趟差,听总部奥组委的负责人讲课,然后一字一句地研习完比赛章程,最终编就了这份长达十六页的呕心之作,关键处还配有他本人亲手绘制的插图。

"本赛事虽为球类竞技,但并非将比赛用球移动至某一特定场所,或在规定范围内相互击球的比赛项目。比赛不以球记分,而根据运动员的动作评分。"

读完这第一行,任谁都会当场一愣:这是什么玩意儿?然后开始足球、曲棍球、乒乓球、网球……思前想后罗列出自己所知的各种球类项目,试图勾勒出一个更为具体的概念。虽然是打球,但球不重要,重要的是运动员。也就是说,在那空旷如平原的赛场上,运动员们如何跑动才是评分的依据?带着这似懂非懂混沌暧昧的感觉继续看向下一行,事情变得更加纠缠不清。

"不过球绝非毫无干系。运动员的跑位及动作最终取决于球的去向。"

村民们都在耐着性子研读资料。在客厅的沙发上,在办公室的茶水间，在公园的长椅上，人们来来回回一次次翻动着这叠左上角钉在一起的十六张粗糙泛黄的稻秆纸。除去球和运动员的关系，还出现了许多百思不得其解的谜团："比赛结束既不以时间为准，也不以得分为据。如果两参赛队未能各自获得二十七次出位，则比赛不得终结。""投手身触投手板时为投手，未接触时则为守备员。""如果出现混战，应出手干预平息混局。"

这资料越看越叫人感到疑惑不解。不仅如此，甚至让人心生恐惧。插图上手持长棍的运动员，活像挑衅决斗的暴徒，中间还有几个披甲覆面。这里面自然有科长助理绘画水平有限的问题，那些画即便是客套也决然称不上形象，画中的运动员个个都和荣誉出征的奥运选手相去甚远，神情虚晃了无生气。牺牲、窃盗、牵制、双杀、击倒、死亡。纸页上随处充斥着一个又一个怎么看都不像是球赛规则会言及的词汇。

不管翻来覆去看上多少遍，人们还是想象不出这究竟是种什么样的比赛，反倒觉得讲解资料拿着也是多余，甚至担心就因为收着这东西所以才会招来厄运，于是便避人耳目地撕碎毁弃了。广场的角落里，滚落了不知多少团已化作废纸的资料页。

关店休息的那天，男人也去看了看赛场。这地方跟以前还是练兵场遗址那会儿已经截然不同。绕围栏外转一圈，意外地花时间。除男人外，还有些人在漫无目的地散步，有人携家带口在正门前拍照，也有情侣躺卧在运河边的堤沿上，水已没过河滩。看的地点不同，赛场会形色万千地变换容姿。本以为高高的混凝土墙会一直延续，孰不料却在不觉间变矮，当椭圆形的弧度紧窄起来的时候，霍然间视野就开阔了。

观众席和赛场上都看不到人影，场内空空荡荡，仅有的一点装饰也只限于画得笔直的场地线，和钉在线角上的四枚状如铆钉的白色物体。观众席那边探出的顶棚在草地上投下一片无比清晰的暗影。刚铺未久的草皮根还没扎稳，稀稀拉拉疏疏落落。男人斜靠在围栏上，发了会儿呆。

以前飞艇过来时，刚好就停在赛场正中那块儿。就在村长和走下悬梯的客人一一握手的不远处，那飞艇一边漏出不甚吉利的声音一边坍缩了下去。也不知道是技术原因，还是单单懒得搭理，飞艇就那样搁置了很久。原本昂首挺胸傲然鼓胀的艇身，一旦焉缩，看上去就成了一堆皱皱瘪瘪的龌龊的垃圾。那些备下计时牌热情相迎的村民此刻也都没了兴致，早已忘却当初翘首以盼的光景，每每路过甚至会流露厌恶的神情。客人们没几天就搭飞机回了国，计时牌归零的口琴兔也被收进了村政府的仓库。看不出分毫有人要尝试修理的迹象。如若碰上下雨天，情形尤为凄凉。雨水积在皱瘪的坑洞里，鼓胀饱满时的英姿荡然无存，周身弥漫着一派从今往后无途可返的悲意。

那东西，到底是什么时候从这儿消失的？男人忆想不起。只记得某一天注意到时，就已然消失不见。是修整停当再度飞上了天？还是真被当作垃圾送去了处理厂？从未有人谈及。大家都表现得仿佛那东西从一开始就不存在一般。

跟灭绝的动物似的消亡了，男人在心里想，就和口琴兔一样。最后一只口琴兔死去时，又是番什么样的情景呢？偶尔，男人会一边翻动计时牌一边思索这个问题。他是个聪明的小家伙，一定已经醒悟到这世上只有自己孤孑一身留于此地。即便如此，他还是抱着微茫的希冀，寻山觅野。只要一感到树丛深处有些微草动，便会回首探寻，一看到雪地里留存的足迹，便要嗅闻气味。然而，希冀终究未偿于现实。觅得的总是不同种类的野兔。他们一见是口琴兔便四散奔逃。他周围再一次被寂静笼罩。

他一定常在夜色中吹响口琴。就算没有人竖耳聆听，他也不会沮丧自哀，依旧专注，只为鸣响那清丽的琴音。月光映照着他手中那把小小的口琴。那琴音丝毫不曾叨扰周遭的静谧，悠悠传向遥远暗夜中的某一方处所。在他体内更加幽远的黑暗深处，有两颗小石子，似在欢庆又似在鼓劲，骨碌骨碌地翻来转去。那石子毫不畏惧幽深的黑暗，还能治愈孩童的麻疹。

有一天，那一刻终于降临。猎人根本无从知晓眼前这只已是最后的末裔，就为了区区两颗石子而射杀了他。在枪声中消亡的口琴兔的琴音再也不复归来。

男人离开围栏，把赛场甩在了身后。周围已有斜阳洒落的余晖，天空正要染上晚霞的色彩。得赶在天黑前，早早回家。明天，为口琴兔翻牌的早晨依然在等候着他。

距离奥运会开幕还有9天

是日，选手们第一次来到村里，进赛场实地训练。虽说欢庆的高潮还需留待计时牌归零的那一刻，但这一天对整个村子来说，毫无疑问是架设计时牌以来最欢腾的日子。上午，运动员们从城里坐巴士来到村子，一下车就进了赛场。虽已提前公告训练不对外公开，可村里人还是按捺不住激动聚集到练兵场遗址前，冲着巴士又是欢呼又是吹口哨，还敲起了太鼓。附近幼儿园的小朋友毕恭毕敬地排成一列，挥舞着手工做的小彩旗。看到这欢迎的阵势，工作人员多方疏通，临时决定，下午的分队比赛网开一面允许观摩。

村里人络绎不绝地拥入赛场。实际进到场内，竟比预想的还要宽广，连天空都没由来地感觉更低更近，让众人不免一惊。天上没有半丝云朵，初夏的阳光洒降大地。因为搞不清哪片座席更适合观赛，所以大家各自挑了中意的位置散落在四方。估摸着近半数的村民都已聚齐，但坐在观众席上看出去反倒是空位更加显眼。

终于谜一般的竞技即将展露尊荣，所有人的心都被兴奋和紧张两种情绪撕裂开来。为保证开赛的信号不论从什么地方、以何种方式传出都能做好准备，每个人都绷紧神经，额前渗着汗珠，硕目圆睁。

没多久，选手们跑入场内。不管他们精神有多振奋，赛场看上去还是比观众席更空漠更无助。因为相距太远看不清他们的表情，尤其是那三个站在围栏边草坪上的人，更是孤远得不可能跟队友商谈或是拥肩互勉，显得有些无所事事。别说人脸上的表情，只要稍不留神，球都有可能看丢。和广漠的赛场相比它是如此之小，几乎可以说等同于无。不消片刻，人们便心虚起来。对于那混迹在阳光里仿佛下一秒就要消失的白色小点，自己真有本事一路追踪下去吗？对了，记得讲解资料开篇就写不用过分介意球的去向，可这样一来又该看些什么呢？到底要看哪一个选手……就在人们的思绪纷乱纠结之际，既没有华丽的信号也没有任何预兆，不觉间比赛就已开打。

随即，大家便领悟到在他们眼前上演的这项竞技远比预想的更为复杂。也有几人极其明智地保留下了讲解资料而未丢弃，中途数度把目光投向纸页，可惜翻来倒去非但没找到答案，反而徒增了更多的混乱。什么时候算得分？眼下的赛况对哪一方有利？现在应该欢呼吗？还是应该叹息呢？话说回来，我们到底该支持哪一边？谁都没有把握。人们左右窥探,互递眼色,一边祈祷自己的行为不会不合时宜,一边心有顾忌地鼓掌助阵。

和意料的不同,这是一项颇为平和的运动。选手们静止的时间远比跑动的更长。除开相互抛球的两个人外,不少运动员一次都未曾触球便退场而去。好几次本以为那人会全速冲刺,可没想到未跑几步便站停不动,既听不到有人大声呼喝,也没出现肢体冲撞。不时响彻赛场的,唯有球棒击中球后那高亢而干涩的声响。每个人都有些不解:这样也会出现混战?但即便如此人们也没有放松警惕。大家都毫不懈怠地做足了准备,无论何时有什么被窃盗,无论是谁成为可悲的牺牲品迎接死亡的降临,都可以平心静气地接受现实。

一小时逝去,两小时逝去,比赛仍在漫无止境地延续。村民们渐渐心焦起来:到底什么时候才是个尽头?运动员刚抵村时的狂热已经消弭,说实话都已开始感到无趣,疲累,不安,甚或还有些烦躁。但为了不辜负工作人员的好意,人们还是竭尽所能地勒令自己强打起精神。手拿讲解稿的人留意到"如果参赛两队未能各自获得二十七次出位,则比赛不得终结"这句话后,目光钉在那里久久无法移开。"比赛不得终结";这几个字就如同诅咒般一声声回响在耳膜深处。

这时,日头突然一阴,运河对岸翻滚而来的灰黑云层顷刻间覆上头顶,转眼便下起了雨。人们张皇失措地站起身,朝顶棚下方跑去。虽然那声音似要被敲打顶棚的雨声所淹没,但大家都没有错过场内传出的宣告比赛中止的广播。赛场里已看不到运动员的身影,草坪上积起了一洼洼水塘。观众席间有好几份被雨打湿的讲解资料没精打采地贴在座位上。

"难得能看场比赛,可惜了。"

"唉,下雨了也没办法。"

碍于颜面,大家经过工作人员身边时,都摆出了一副无比遗憾的神情,但在心里终于松下了一口气。

距离奥运会开幕还有0天

不管是多大的数字,一个一个减下去终究会归结到"0"。结束翻牌任务的最后一天,男人必然会生出这样的感慨。"3"之后是"2",再之后是"1",然后便是"0"。没有质疑的余地。

但在村里人眼里情形完全不同。终于盼来了翘首以待的日子,他们在狂喜中睁开双眼,欢欣得坐卧不宁,为确证计时牌已经归零而欢聚到广场上,然后带着一脸仿似看到何等惊异之物的表情,或抚摸数字或紧抱兔耳。也不管翻动这计时牌的究竟是何许人物,更不曾屏息倾听口琴兔的琴音,只是单纯地在那里欢呼雀跃。

即将在广场上举行的纪念庆典早已做好各项准备。舞台平地而起，上面摆放着备给管乐队和贵宾们的座椅，外沿缀有一圈装饰花、上书"庆祝"二字的横幅刷地挺直了脊梁。自分队比赛那天下过雨后便连日放晴的天空，更是蓝得容不得半点怨言，觅不到分毫阴郁的气息。

男人一如往常站在吧台里，做着早点。或许是太过兴奋无暇顾及食欲，这天的客人比平时略少，但他依然在为几个常客磨咖啡，煎鸡蛋，榨橙汁。男人不时会抬眼望向广场，不是出于对庆典的兴趣，而是为了确认人群里的口琴兔是否安然无恙。

为昭告开幕式开场，将有五架螺旋桨飞机在主会场上方用五种颜色描绘奥运五环。这些飞机回基地途中会从村子上方经过，纪念庆典就以此为信号拉开大幕。这套程式很早以前就已经商定。虽然比起真正的开幕式，这边只能搞些小规模庆祝，但不管怎么说，村里要办的就算只有一项那也是奥运项目，所以必须弄出一场与迎贺奥运相符相称的庆典。上至村长，下及村民，所有人都铆足了一股劲。

管乐队成员拿着乐器迈上舞台。肩负重任将表演奥运会歌的孩子们手挥小旗，身着统一的服装排成一排，贵宾席里村长和其他头面人物都已落座。音响设备的插头无一遗漏地连上了电源，喷泉正高高喷射起毫不逊色于螺旋桨飞机图的五彩水柱，运河边的堤沿上也已经做好燃放焰火的准备。无论螺旋桨飞机何时现身，都不会有任何差池。

人们在等待，为捕捉引擎的声响而仰首望天，凝神屏息站立不动，脑海中浮想着下一个瞬间即将出现在眼前的景象，让心中的期许越发蓬勃壮大。尽管那场面谁都不曾经历，但想必至少该比那场分队比赛更叫人欢悦鼓舞。

为了在目睹机影的刹那即刻奏响开场的号音，紧握指挥棒的指挥家紧张过度，两腿打起了哆嗦。双簧管乐手不停地舔舐嘴唇，木琴演奏员用手按住乐谱的一角以免被风吹动，孩子们都生怕失手掉落小旗而用力捏紧了手指。在远离广场的另一边，焰火师独自一人凝视着导线的线头。时间一分一秒流逝。

这会不会太慢了点儿？起初掠过某个人心头的疑念，转瞬便如涨起的潮水浸蚀着广场上的每一个人。不对不对，因为有风多少总会延误。有人试图死命抵挡这份疑虑。天空澄澈明净，连鸟都寻不着，自始至终祥和宁静。引擎声必然会响起。人们忘了眨眼，极目远眺。甚至有人惊诧于后方传来的鼻息，猛一回头。还有人被幻听所扰。然而，耳边传来的始终只有喷泉的水声。难道忘记从村子上空经过了？该不会是坠机了吧？一串串问号比幻听更为真切地撼动着每个人的鼓膜。

日光逐渐明晃起来，无情地照在人身上。指挥家右手痉挛，双簧管乐手的嘴唇渗出了血丝，乐谱随风而舞。金属乐器表面反射的光亮眩晕了乐手们的眼睛。孩子们一个接一个因为贫血昏倒在地。

等得心浮气躁的焰火师一不小心点燃了导线,一发焰火燃上天空。在留下几声让人惶惑的咝咝声和一股火药的气味后,了无痕迹地消失在日光里。

"啊!"

这时,有人惊叫一声,指向某物,指尖所去的方向正对着口琴兔。男人正在努力扶起被人潮推倒的兔子。历经众人的一番踩踏,兔耳的尖角已经弯折,那把口琴不知所踪,两只前爪此刻空空如也,数字"0"也沾上了泥污。

"开幕式不是今天!"

"是明天!"

"就是,计时牌搞错了!"

人们你一言我一语地咒骂着口琴兔。

"因为是闰年?"

"难不成连翻了两天?"

"欺骗感情!"

"太过分了!"

"这兔子真不靠谱!"

男人一手抱着口琴兔,一手拨开一条条错综林立的腿,寻找从兔身上遗落的口琴。为了拯救那把被孤身抛弃在这个世界且又无人聆听的口琴,男人久久跪伏在地上。

蔽目的小鹭

移动修理铺"阿莱城"的老伯每次现身,必定是在临近闭馆的傍晚时分。他那辆小货车只要一靠近停车场,立刻便能知晓,因为扬声器里总会传来《阿莱城的姑娘》[①]。

修理铺为何要放《阿莱城的姑娘》,谁都不知道。也不会有多少客人一听到第二组曲《法郎多尔舞曲》的旋律,就会猛一拍腿:"啊,对了!正好!让他帮忙把那个修一修。"更何况因为长年反复播放,磁带都已经拉松,好几处不是节奏拖长了半拍,就是音色暗沉嘶哑,让乐曲的氛围显得阴邪怪异。

阿莱城修理铺,只是美术馆的人自说自话给起的绰号,正式的店名至今不明。追究起来,有没有所谓的店名还真不好说。

突然,磁带噗叽一声戛然而止,没多会儿老伯出现在前院的左前方。还是那件穿旧了的工作服,一副干完一天活累得不成人形的

[①] 法国作曲家乔治·比才为法国作家阿尔封斯·都德的同名戏剧作品创作的二十七首管弦乐组曲。

样子，俯身低头缓步走过来。他很瘦，手脚细长，脸色苍白。唯有光秃的前额和一对朝前突出的大耳朵甚是惹眼，眼鼻看上去显得拘谨而小巧。那双眼瞳深深潜躲在黑框眼镜的后面。老伯一言不发，把手伸进裤袋，取出硬币放在柜面上。分文不差，他裤袋里总是备有跟敬老优惠门票等额的现金。

"谢谢，请拿好。"我说着，递过门票和一副黑色眼罩。

"谢了……"老伯一边含糊不清地嘀咕着什么，一边拿下眼镜，戴上眼罩。

"还成吗……"他一会儿拉拉绳带，一会儿按按鼻梁，为调正位置而摆弄了很久。

"嗯，没问题。一点不漏。"我说完，冲他莞尔一笑。

我打工做前台的地方，是家展示某位富绅私人藏品的小美术馆。由富绅家的别墅改建成的馆楼，不过是栋紧窄的矩形混凝土建筑，几无半点情趣可言，裂纹和水渍分外醒目的外墙，一半都虚掩在常春藤下。铺满草坪的前院倒是颇为宽敞，但除去几把长椅和碎石铺就的小径，再无其他装饰，在棕榈、含羞草和刺槐等草木环绕的馆区外侧，走不出几步便连入了一片沙滩。

馆内藏品多半都是百余年前醉心于创作的本地画家 S 留下的油画。和主流画派素无往来的 S 隐居乡野，在孤寂中苦苦摸索，画风自成一派，也谈不上是何等巨匠。自然，来馆参观的人寥寥无几。入夏，到此处度假的游客大多热衷于下海畅游，当然不会有心情特意走访这座凄凉惨淡的小美术馆。等到天气转凉，别墅酒店外窗紧闭，四下里突然就没了人影安静下来。

入馆人数 0

每年总有那么几天，得在日志上写下这样的记录。

在打这份工之前我对 S 几乎一无所知。我的工作不过就是前台接待，外加卖卖画册、明信片和书籍，最多再给办公室端个茶倒个水。说句心里话，他的作品究竟有何魅力，我一直不甚了解，就那样蒙昧无知地卖着门票而已。要是有客人提出什么专业问题，我会毫不迟疑地跑去办公室叫来研究员。

前台接待处设在大理石柱门廊进门后，笔直穿过通顶大厅的正面。说是前台，不过就是放了张五边形的木桌和一把圆椅罢了。大厅最里处和上楼靠北的房间均为展厅，但我少有机会踏足其中，一天的大半时间，是背朝画作坐在圆椅上度过。从这个位置可以透过门厅玻璃尽览前院的草坪。比起 S 的作品，我凝望草坪的时间可要长得多。虽是座单调的院子，但如果细细观察，总会有些意外的发现，比如日光和阴影组构出的意想不到的图案，青绿草木被雨水打湿后瞬息幻化的色彩，还有刹那间飞蹿出草丛狂奔而过的小动物那惊人的速度。

这份工做久了，先不提那些画，对S这个人倒是逐渐生出些亲近来。宣传册上的那段简介里，让我印象尤为深刻的，是他耗尽心力创作的画多半都毁于火灾的悲剧，以及S死后住在画室隔壁的鱼铺老板娘继承了他所有作品的那段逸闻。火灾是因为单身独居的S架锅开火，画画入了迷所致。邻家的老板娘看不下去便开始给他烧饭做菜，照顾其生活起居，到最后就成了作品的继承人。老板娘思前想后考虑再三，决定把所有画作都托付给富绅，条件是不可以让画作散失，并建造一座美术馆公开展示。

看着这片院子，有时我会遥想那位鱼铺老板娘是个什么样的人。想必跟我一样，在她眼里，S的画一定也莫名地叫人捉摸不透。每一幅初看第一眼都很难赞其"啊，好漂亮"，画面色彩迷蒙晦暗，特别是评论说他终于确立独创画风的那些全盛期的作品，怎么看都像把纸板胡撕一气贴上去的，要不就是用圆规和直尺信手涂鸦所成。至于习作期的静物和人像，背景也都阴冷如洞窟，水果已露出腐态，模特们没有一个可称美女。

但即便如此，质朴而聪慧的她，依然能体察到这些画作是历经何等磨难方才降世的。就因为机缘巧合比邻而居，她便对S生出了一份关切。为他包扎火烧的伤口，帮他向邻里派发个展传单，还把卖剩的鱼烤了送过去。因为生怕自己常年浸水余腥难消的手一不小心污浊了画作，她总会万分留神，即便进入画室也绝不靠近作品半步。

那些画作归她继承后，她一定感到惶惑无措。也许她还曾一屁股跌坐到椅子上：自己除了每天剁剁鱼头刮刮鱼鳞外，别无其他能耐……

S死后，她一如从前每天都会去画室。开窗换气，清扫地板，洗净窗帘，然后在遗像前供一杯酒，放一条卖剩的鱼。用她自己的方式祭奠着S。

终于，一切都将交由富绅接管时，她蓦然感到一种无法言喻的寂寥。既非出于独占的欲望，也非缘自财富上的念想，只是恍然觉得那仅仅属于她和S两个人的回忆即将远去。她也曾问自己：这之后该把烤好的鱼送往何方呢？但老板娘没能看到美术馆落成，她在开馆两周前离开了人世。

伴随着这些不负责任的想象，我消磨着一个人的时光。来参观的人依旧很少，展厅和前院都悄无声息，除去隐隐传来的海鸥的啼鸣和翻涌的涛声外，四周一片寂然。今天，阿莱城的老伯差不多该来了吧。我思忖着竖起耳朵凝神细听，遗憾的是无论哪个方向都听不到《阿莱城的姑娘》。

据亲眼见过老伯工作的年轻研究员说，阿莱城修理铺一般都开在车站对面，跟海岸相反的一侧，老伯常把货车停在公营住宅区的公园里，放着那首千年不变的音乐招揽生意。

"你说，他都修些什么呢？"

被我这么一问，研究员嘀咕了一句"这个嘛……"歪了歪头。

"比如断掉的伞，或者掉了链的自行车，不就那么些东西嘛。不过我看到他的时候，一个客人都没有。"

看得出研究员对那老伯全无兴趣。

我第一次越出职务跟老伯交谈，是在大约一年前，起因于寒冷冬日里的一件小事。那天，老伯出现在门前小径上时显然不同于往常，样子有几分古怪。他肩膀右倾，背佝偻着竭力团起，身体奇怪地扭曲着以保持平衡。起初我担心莫非他病了，仔细一看才发现他一只脚上的鞋大半鞋底都脱落了下来，每走一步就会被小径上的碎石绊住。

"很不方便呢。"我一边递上门票一边说。

"嗯，也还好，就是……"

老伯的指尖冰得让我一颤。

"您这鞋，是怎么回事？"

我的视线落到他脚上，老伯却像此刻方才注意到自己的鞋子成了这副德性似的，悠悠地吐出句"哎哟"，还上下两三次翻动脚脖，把鞋底甩得啪啪作响。

"您这样子走起来很不方便吧。"

"没事,再让它坚持坚持。"

"可我看着估计坚持不了多久……"

"是吗……"

从鞋底裂开的一大道缝口,露出一只已经依脚趾的形状浮出一圈污垢的厚实布袜。即便隔着那袜子,也能看出里面的脚趾已冻得僵直。

我不由分说让老伯在圆椅上坐下,用办公室取来的万能胶黏合了鞋底。保险起见还查验了另一只鞋,不出所料,确有几处甚为可疑,我也往那些地方挤了些胶进去。和老伯单薄的体型不同,离了脚的鞋意外的重,拿在手里直往下沉。里面还滚出几颗小径上的碎石粒,在我们的脚边弹来跳去。

"你很会修东西啊,"老伯再次上下翻动脚脖,确信鞋底不再啪啪作响,"劳你费心了,真过意不去。"

"没关系。举手之劳而已。"

大概是身体还未找回原初的平衡,老伯的步伐依旧有些凌乱不稳,他瘦削的背影消失在了二楼的展厅口。

像老伯这样反反复复数度前来的客人并不多见。多的都是随性偶至的游客、校外活动的小学生和不得不找个地方打发时间的销售员，大家也就到此一游。可尽管如此，包括年轻的研究员在内，馆里的员工们看起来都不怎么待见这位老伯，因为他过了闭馆时间还是不愿走。但也不是出于不近情理的缘由死赖在馆里，而是安安静静地在观赏画作。有何不可呢？虽然我私底下作此感想，可他们似乎都无法忍受为那么区区一位看客而加班加点。

"差不多了吧？"

研究员的声音撞击在大厅的顶板上，回荡着传到前台。

"已经到闭馆时间了。"

他刻意丁零当啷地摇响钥匙环。

"这是馆里的规矩。对不住了。"

没有传来老伯的话音，代之而起的，只有一阶一阶、下梯而来的脚步声。

"多谢来馆。"

我一边目送老伯走出门厅在小径上渐行渐远，一边确认他鞋底上的胶是否黏牢，然后在门前挂上"已闭馆"的告示牌。归去时货车没有播放《阿莱城的姑娘》，就那样径直开走了。

再后来，老伯引发的骚动比起修鞋底一事要略略严重些。他在上至二楼展厅的半道上摔了一跤，滚下楼梯。我慌忙跑上前搀扶，引着他的手暂且把他安顿到了办公室的沙发上。

"您不要紧吧?有没有撞到头?"

不管我问什么,老伯都只是连声应答"没事,没事"。不过倒还真是,虽然闹出的响动颇为吓人,但他也就眼镜有些歪斜,额前有几处擦伤,除开这些,看样子确无大碍。老伯用唾液润湿食指,往额前的伤口上擦了几下。

"您可不能这么胡来,会有细菌进去的。"

我说着从急救箱里取出双氧水,倒在脱脂棉上帮他消毒伤口。

"疼吗?"

"不疼,一点儿不疼。"

老伯转过前额朝向我,静坐着一动不动。我验了验他身上有无骨折,然后从冰箱里拿出些冰块装进塑料袋,给他冰镇摔痛的地方。

"你看我,实在是太麻烦你了。"

老伯说着一会儿把冰袋放到头顶,一会儿按在颈后,一会儿又夹进胳肢窝里。我和他就那样在沙发上并排坐着,静静等候痛感消退。

当年鱼铺的老板娘会不会也是这般帮 S 处理烧伤的呢?我在心里描画着那座此生都未曾见过的画室,又想起了宣传册上的那段简介。参观的人似乎已无一留在馆内,唯有研究员锁门时钥匙碰撞的叮当声,断断续续地飘至耳际。间或,也会从老伯手里传来一阵冰块融化的声息。窗外斜阳已经落尽，天空、绿树、草坪全都融于一体，消隐入夜色当中。

"您可真是位超级画迷啊。"为了消磨这片沉默，我借S之名提起了话头。

"这个，可不好说……"老伯答。

"对于这座美术馆，从东墙到西角，您肯定比我们这些人了解得多的多。"

"不可能，"老伯摇头否认，"其实我每次都只看一幅画。"

"看一幅画？"

"嗯，没错。"

"就只看一幅？"

"是的，每次都只看同一幅画。"

双氧水已干，渗出的血丝说话间凝固在了皱纹里，结起小痂。不知是不是镜架歪斜对不上焦，他的眼瞳迷蒙不清，窥不出情绪。

"年纪大了，看太多画累得慌。何况越是好看的画，被它吸走的养分就越多。"

老伯呼的一声吐出一口悠长的气息，把里面的冰已经融化成水的塑料袋放到了桌上。他的手指白皙修长，不染油污未结茧皮也没有伤痕，全然不像修东西之人的手。

"可问题就在于，不能让其他的画进到眼睛里。"

"哦。"

"非得闭着眼走过去才行。"

"什么意思?"

"就是字面上的意思,闭上眼睛,走到我要看的那幅画前。从前台走二十三步到楼梯,上十四级台阶右转四十五度走九步就是第二展厅,然后从进门的地方沿左手边的墙走十一步就可以睁眼了,面前就是我要看的画——《裸妇习作》。不过今天出了点岔子。"

老伯似在羞愧于自己的失败,耸了耸肩。他接过门票后,竟依循着这套自行摸索的程式,煞费苦心地观赏着画作。这一事实让我震惊。就在自己身后数米之遥的地方有人正实践着如此玄妙的举措,自己却一直浑然不晓。我突然生出一股莫名的歉疚。

"我发现眼皮这东西,闭上了也会微微露出道缝。"

"是吗?"

"嗯。所以为了让自己真的什么都看不到,我必须非常用力地闭紧眼睛。"

"原来如此。"

"这个非常用力特别困难。万一一个不留神力道松了,就会透过眼皮的那道缝看到别的画。这搞得我提心吊胆,结果脚就崴了一下。"

"您这要求可真够严的。"

"人老了没办法，没剩下什么多余的养分了。"

我又取了些冰块补进塑料袋。老伯很是过意不去地低了低头，把冰袋抵在前额的小包上。他耳后仅存不多的头发如枯草般杂乱无生气，工作服已经褪了色，袖口、钮洞、衣袋，到处垂落着脱解的线头。鞋底边上渗出的胶液凝成了脏兮兮的团块，让那双本已老旧的鞋子看上去愈发寒碜。

我把脸凑到老伯跟前，伸出手，轻轻摘下他的眼镜。指尖能感受到老伯的鼻息。我拧正撞歪的镜腿，恢复成原样，再往满是指纹的镜片上呵气，用手帕仔细擦净，最后还举到光下眯起眼，查验是否还有污痕。

"哟，看得真清楚，"老伯眨巴了几下眼睛，"你很会修东西啊。"

他对我说出了那句曾几何时他说过的话。

美术馆休馆那天，我翻过铁轨线上架设的天桥去车站的另一边。办完些私事后，想起阿莱城修理铺应该就开在这一带，便朝公营住宅区的方向找过去。穿过一片五层高的公寓楼，前方出现了一个公园，正如研究员所言，停着一辆小货车。虽然车上没在放《阿莱城的姑娘》，但从敞开的车门可以看到里面杂乱地堆塞着各种纷繁的工具，便知确是阿莱城老伯的车。

这公园只有沙坑、滑梯和秋千，单调乏味。在跟货车隔开段距离的地方，老伯正坐在秋千外围的铁栅上抽烟，不曾留意到我。在这周三晌午刚过的时辰，住宅区清冷闲寂，公园里只能看到几个带小孩的母亲。莫非是早已看惯了这样的情形，没有人留意货车或老伯，也察觉不出会有来客的迹象。孩子们吵吵嚷嚷地奔来跑去，母亲们则在树阴下的长椅上聊得兴致盎然。那货车就在她们身旁大敞着车门，无倦无怨地等候着修理品的到来。

我犹疑间错过了打招呼的时机，只好半躲在小货车的阴影里呆立着。许是因为不用费神去思虑闭目观画的事，老伯看上去比在美术馆时更无戒备。他悠缓而漫长地吐出口烟，似看非看地盯视着半空中的某个小点，即便烟灰落上了裤腿也毫不介怀。

不知道那些是否就是他做生意的全部家当，小货车里杂七杂八地堆得满满当当，直叫人担心该不会连驾驶的地方都没空下吧。在那些堆叠了好几层的木箱里，满塞着大小不一种类各异的铁钉、螺栓和铰链，周围堆放了一圈扳手、榔头、螺丝刀、铁钳和撬棍之类的工具，再深处还能隐约窥见一把链锯。车顶上固定有竹筒、铁管之类的东西，从那缝隙间垂吊下好几团铁丝、镍铬电热丝和电线。发动机遮挡了窗户，巨大的铁砧压弯了底盘，浸在小水盆里的磨石散发出一股铁腥气。这边刚注意到地上滚了只水龙头，接着便发现一旁还有缝纫机坐镇。不仅能看到高压锅，还能找到显微镜。

所有这些不是被用旧了，就是还未使用便已经旧了。有的生着铁锈，有的落满尘埃，它们早已忘却本应履行的职责，了无生趣地被遗弃在那里。

要是有人拿些东西来修就好了，我心想。鞋底剥落的鞋子也好，镜腿弯折的眼镜也罢，我祈祷能有人把这些带到老伯跟前。对了，我自己也可以做他的客人嘛。我灵光一现，开始翻手袋。难道就没有要修的东西？我伸手探了探内袋，拉开化妆包，还翻寻了记事本，却找不到任何一样可以送去阿莱城修理铺的物件。

此刻，老伯正从胸前的衣袋里掏出打火机，准备点起第二支烟。一切如前，公园里的人谁都没兴趣往修理铺那边瞥上一眼。无论等上多久，也不管是住宅区的哪个角落，都没有出现一个客人。

从公园回家的路上，我顺道去车站前的百货商场买了只黑色的眼罩。因为想不出有哪个柜台会出售这类东西，所以茫然无措地在里面瞎晃了好一阵，最后，在玩具柜台的魔术用品区找到了一款合适的。

买回家后仔细一瞧，不想布料却很单薄，不由得担心这恐怕耐受不住老伯那套严谨的观画程式，于是便在里侧补缝了一块黑布。连带勾挂耳廓的布绳也都加上了松紧带，便于调节长短。我自己试了一次又一次，确认是不是完全不透光，会不会有哪道缝隙漏进了微蒙的光芒。等它终于变成一副深得我意的眼罩时，已经接近子夜时分。

"要是不介意的话……"

我在接待处踌躇着递上眼罩时,老伯似乎没能立刻明白我的用意,视线落在眼罩上,静默了好一会儿。

"请把这个拿去用用看吧。比您自己闭眼睛,应该多少会轻松些……"

"哦。"

老伯的声音透出些许迟疑,脸上的神情似在询问:真要给我用吗?他犹疑不决地朝眼罩伸出了手。然后,他摘下眼镜收进胸前的衣袋,一边仔细查看上下正反,生怕弄错,一边把挂带勾到耳朵上,那动作一看便知他正在对付一件尚未习惯的陌生物品。

"跟您很配呢。"

此话绝非奉承。虽然我也不确定这世间究竟有没有跟眼罩很配或很不配的人,可千真万确,那眼罩极其自然地融入了老伯的脸庞。鼻翼两侧凸起的丘峰和罩缘的弧线贴合得天衣无缝,那对朝前突出的大耳朵牢牢勾住了挂带,寸发不生的苍白的额头,反倒愈加衬出了那份纯粹的黑。

"真的吗?"

"真的。"

"哟，一片漆黑，"老伯开心地说，"就算睁着眼，也什么都看不到。"

老伯似在感佩，就像刚有了一项重大发现，嘴角浮现出一丝笑容。

"好，那我们走吧。"我说着拉起老伯的手。

"你这是？"老伯吓了一跳，欲往后退。

"不能让您就这样一个人过去。我陪您。"

他的手冰冷依旧，布满干巴巴的褶皱。许是我的错觉，总感觉那手在微微颤抖。

我们朝着二楼的第二展厅，并肩走去。

"一、二、三、四……"

细数步伐的低语声就在耳畔极近的地方回响。多亏了那声音，我才能绝佳地配合他的步调，很难想象这竟是我们第一次合作。两双鞋发出的脚步声和着节拍重合在一起，交汇成一串径直通往《裸妇习作》的回声，好似在引导我们俩。

和那副老弱的身躯不同，老伯的步伐异常稳健，即便没有我的扶助，也能坚定无疑地找准下一个所应踏往的步点。不知何时起，再也分不清谁在引导谁。在老伯经年累月铭刻下的路径上，我只是亦步亦趋地循路而去。

"十二、十三、十四、十五……"

眼罩挂带垂落的端线在他耳后摇来晃去。老伯的呼吸平静而沉稳。可以感觉到，掌中的手指正逐渐变得温热。

无需我告诉他"好，我们到了"，他的脚步就已分毫不差地停在了要看的那幅画作前。老伯取下眼罩，似觉炫目地眯了一下眼睛，然后戴上眼镜。在他正前方，裸妇正静候在那里。老伯的目光未有丝毫犹疑，直接倾洒在画上。

这是 S 成为抽象画先驱前，早在他二十多岁时创作的一幅油画。一位裸妇斜坐在一张白椅上，右手搭扶椅背，叠跷着腿，远远凝望向左前方。那瞪开的浑圆的眼睛、谦恭羞涩的嘴唇和浓密而卷曲的头发仍透射出几分少女的姿容，但同时，从那丰满得略欠平衡的腰际，又分明能感受到一种老练的沉稳。她裸露的胸部毫无淫靡之感，其存在就跟眼鼻和手腿一般自然，在肌肤上投下一片娴静的阴影。妇人的腿如根深蒂固的林木般粗壮，厚重且端庄。不管发生什么，我都会在这里。那两条腿看上去似乎正如此这般絮絮低语。

画作的背景晦暗得仿佛能把人吸进去。恍若所有一切都已被吞入那片群青色的阴霾，唯有那妇人兀自超脱于外。不过她既不孤寂也不胆怯。无论何等厚重的阴霾都无法遮蔽她雪白的肌肤。

老伯凝看着这幅《裸妇习作》。除去"看"这一行为本身，不为任何事所动。他甚至忘了眨眼。双眸澄澈明洁。手里还捏着那只眼罩。

为了不惊扰他，我站在了他的身后。起初，我天南地北地寻思：为什么老伯单单看上了这幅画？难道是因为裸妇的面容酷似其母亲或是某个深爱的恋人？又或者还藏着什么更为曲折的因缘？但不久我就放弃了揣测。当然，也没有干出直接脱口询问这样的蠢事。我努力抵御无谓的好奇心的蛊惑，不去玷污老伯的静默。不过，倘若S也会凝望鱼铺老板娘的话，那他的眼眸应该会和此刻的老伯一样吧。这个念头总也不肯消散，始终回荡在我的心间。

这一刻，除了老伯、裸妇和我，第二展厅已不再有其他人的身影。也不知过了多久，老伯依然目不转睛地凝望着裸妇。

忘了是从何时开始，我被馆里的员工们戏称为"阿莱城专员"。每逢老伯来馆的日子，就由我负责引导，并在送他离馆后锁上门。从今往后再也不用被那个故意摇响钥匙环的研究员搅扰，想看多久就能悠然地看上多久，这于老伯于我都再理想不过。但老伯决然不会无休无止地久滞不归。在经过那么一段时间后，他总会自己做个了断。裸妇与老伯之间有着怎样的交流，我无从窥知，但一直都觉得他们似乎能相互感受到某种宣告离别的信号。就像傍晚最先亮起的星辰宣告日已西沉那般，那是一种不动声色的无言的信号。

只要一收到信号，老伯就不会有丝毫眷恋，亦不曾开口道别，只是淡然地摘去眼镜，反复揉几下眼睑，然后重新戴上眼罩。

"那么，我们走吧？"

我关上了第二展厅的灯。房间立时被黑暗笼罩，裸妇消隐到了遥不可及的彼方。

每次眼罩一沾上污物，我就会清洗干净并用熨斗熨平。如果挂带松了，就拆开缝线换上新的松紧带。老伯只会夸我"你很会修东西啊"，却从不见他主动施展修理匠的本领。

老伯来馆的日子全无定数，有时会接连两天现身，有时又会月余不见踪影。要是中间间隔过长，我总不免担心会否发生什么不祥之事，越是临近闭馆就越发坐立不宁。甚至连自己都未曾意识到时，便已然竖起耳朵渴望捕寻《阿莱城的姑娘》。

为了平定内心的忧思，我也曾在休息时间独自一人站到《裸妇习作》前。看着画上的妇人，遥想 S 在简陋的画室里对布作画，老板娘手起刀落剖鱼去鳞，还有老伯在货车旁等候客人的身影。一如往常，裸妇就在那里。我所能确信的，始终只有这一点。

无论相隔多久，老伯的态度都不会有分毫改变。既不会解释无法来馆的理由，也不曾说些契合时令的寒暄，从头至尾没有一句多余的言辞，只是把等额的钱币放进收银盘，然后摘下眼镜，戴上眼罩。

偶尔也会有参观的人看到我俩露出诧异的神色，但都仅在一瞬之间，他们很快便会移开目光，像觉察到什么似的，不再靠近我们。于是我和老伯无需顾虑任何人，可以尽情随性地沉浸在这段只由我俩编织的观赏画作的时光里。

入夏后白昼变长，过了闭馆时间前院仍有残阳低照。天空一寸寸染上晚霞的色彩，海风轻轻摇动枝桠，就这样回家未免有负天地。假如遇上这样舒心的傍晚，偶尔，我俩也会坐到长椅上一同休息片刻。倒也不曾特意聊些什么。林间某处有蝉飞起时就抬头寻望，老伯用鞋尖在脚边涂鸦时就俯首追看。要是风向一转涛声听来越发真切，就深吸一口气嗅闻海潮的芬芳。此时，美术馆的灯光已全部熄灭，门户闭锁，在我俩身后静静地收敛声息。下海游泳的人大概也已归去，四下里都感受不到人的气息。

虽说是日暮黄昏，但比起裸妇独坐的洞穴，前院要明亮得多。老伯的双目，在镜片深处似已半闭，或许正在细细回味印刻在视网膜上的裸妇残影。

就在这时，灌木丛中猛地跃出一只小东西，未及细看，他已朝我们脚边冲了过来。

"哟。"我俩同时叫出了声。是只小鹭。

"真可怜……"老伯不禁喟叹。

小家伙的嘴巴和脑袋整个儿套进了一只底面脱落的空芦笋罐，无力脱身。显然，小鹭此刻张皇失措，已经失去理智，陷入恐慌。他拍打着翅膀却又无法飞翔，拼命扭动脖颈，试图改变自身处境，但罐头纹丝不动。

"不怕,不怕,不怕。"

老伯动作轻缓地站起身。觉察到动静的小鹭一时搞不清方向拔腿就冲,可冲着冲着似乎无计可施又止住了步子。走近看,小家伙的身体居然还挺丰润,极富韵味的白和脚爪上亮丽得叫人惊艳的黄,甚为醒目。

"你看,没关系的。不用害怕。"老伯说得就好像只要稍加抚慰,对方就必然能懂一般。

我和老伯一同屈身半蹲,小心翼翼地靠近小鹭,以免惊吓到他。小鹭颇为警觉,和我们保持着一定的距离,一边愁苦于自己负荷过重的脑袋,一边踩着碎步朝小径前方的停车场挪去。

到了停车场,老伯当即拉开货车门,一头钻进那座杂乱的工具堆,先抽出一根晾衣竿,后翻出一块 U 形磁铁,接着用胶带将之一圈圈绑到杆头上。这是我第一次看到老伯动作如此迅敏如此坚定,仿佛过去也曾数次拯救过遭遇同样劫难的小鹭一般,举手投足毫不迟疑。我只能在一旁诚心祈念,仅愿小鹭别又跑进了灌木深处。

老伯转眼间做完了所有准备,他一反此前谨小慎微的态度,施展出神勇无敌的决然。他甚至未给对方警惕的机会,在小鹭惊觉到可疑人物靠近之前,他便已挥起杆头,朝着小鹭甩下了磁铁。下一秒,空空的铁罐已吸附上磁铁,整个脱离了小鹭的脑袋。突然置身于光亮之中的小鹭,自然无法理解发生了什么,反而比双目被遮蔽时更加亢奋，一眨眼便从我们眼前振翅而去。他穿过树林，越过美术馆，消失在一片霞彩之中。我们周围，除去那根杆头吸附着一只空罐的怪异晾衣竿外，再没留下任何能证明小鹭曾停留此处的痕迹。就像在回味这场前后不满数分钟的始料未及的经历一般，有好一会儿，我们俩都静静凝望着那片小鹭消隐而去的天际。

"但愿他没受什么伤……"我喃喃自语。

"嗯，应该，但愿吧。"

老伯一返从前，态度重又变得暧昧不明。他撕开胶带，把磁铁、晾衣竿，还顺带那只空罐一起塞进了货车厢，那动作迟缓凝滞，不得要领。

"那么……"

"嗯，再见。"

"再见……"

"欢迎再来。"

我冲老伯挥了挥手。货车悠缓地开动起来。以往归去时都不曾播放的《阿莱城的姑娘》，伴着发动机的声音传至耳畔。拖长半拍、音色暗哑的曲声，好似在庆贺我俩成功救助了小鹭的善举，在我周身悠悠荡漾，渐去渐远。

爱犬本尼迪克特

"那本尼迪克特就拜托啦,"妹妹说,"别忘了每天带他去散步,那家伙就只肯在外头上厕所。"

来接人的出租车已经候在门外,妹妹还在一遍遍重复早已说过的嘱托:"吃的千万别多喂。干狗粮十五颗,听到没?就十五颗哦。"

"好了,该走啦。"外公一把搂住妹妹。

"散步和十五颗干粮。你可要守约哦。算我求你,拜托了……"她临出门又回过头,再叮嘱了一遍。

"嗯。"

见我应得爱理不理,妹妹硬把本尼迪克特塞到了我手里。那家伙汗津津的,摸上去潮湿而黏腻。

"没什么可担心的,过两天就能回来了。这盲肠,就跟个脓疮差不多。"外公边说边抓起装着睡衣和洗漱用品的纸袋,塞进了出租车。

"那我走喽。你可要乖乖看家。"

妹妹蜷缩在外公怀里,隔着车窗,冲本尼迪克特挥手直到看不见为止。

就这样,为了做盲肠手术,她住进了区立医院。对无缘学校旅行、无缘俱乐部集训、无缘海岸度假、也无缘举家出游的妹妹来说,这是她平生第一次在外面过夜。

"好了,都走了。"

送走他们俩,就剩我一人,我再次看了看本尼迪克特。若要遵守妹妹留下的那张绵密严谨的作息表,差不多该是上午散步的时间了。

本尼迪克特是尊铜制的小雕像。犬种不明。胖乎乎的身子呈浅咖啡色,只有低垂的耳朵和鼻子周围有些焦褐,一条小尾巴卷曲在屁股上。有些地方漆面已经剥落,漏出的金属底像极了一个个小斑点。他四腿直立,脑袋略略歪向一边,圆睁着一双大眼,目视侧前方。但因为鼻尖缺了那么一小块,表情总显得有些呆笨。

十四岁那年,妹妹在跳蚤市场看到这家伙后,外公就当礼物送给了她。

"哇,多漂亮的狗狗啊!"

她看第一眼便喜欢上了,一会儿抱在胸前一会儿贴面抚蹭,还用食指来来回回摩挲他全身，并当即给他取名"本尼迪克特"。我实在搞不懂，这么一个破烂玩意儿到底哪里可称漂亮，他那郑重其事的名字更是叫我羞于启齿。妹妹却绝不允许别人把他简略成本尼或本迪之类的称呼。要是我一时没留神顺口溜出句"那只狗"什么的，她必然会提出严正抗议："他有自己的名字！叫本尼迪克特！"

妹妹平时把本尼迪克特养在书桌上的袖珍娃娃屋里。一楼进门厅右手边有间起居室，那块手织绒毯就是他的固定位置。他总是镇守在妹妹窝进安乐椅、靠在暖炉旁烤火时，一伸手便能为他抚毛的地方。但若真要说起来，他假如能趴进温软的毛须，缩成一团打个小盹儿，肯定会更加舒服，可很遗憾他做不到。无论何时他都只能挺身而立，用那缺了尖的鼻子嗅闻侧前方的气味。

妹妹动手做娃娃屋，是在本尼迪克特来我家约莫半年前，也就是她不再去上学的那会儿。最开始只是把堆在储藏室里的胶合板边角料和正方截面的长木料搬出来用线锯锯断，再拿黏合剂一块一块黏起来做成盒子状。没多久，好几只盒子横连竖叠成一整片、上面又盖上块屋顶时，外公和我总算明白过来：那应该是栋小房子。只不过，之后的工程无比漫长。墙上贴起了手工印花纸，四壁挖出了门和窗，外墙还用红砖色的涂料上了色。同时椅子、床、橱柜等家具也都一并做起，作业越来越需要集中精神，活计变越细。妹妹几乎一整天都闷在房里闭门不出。

面对这么一个寡言少语、有时连饭都忘了吃、一门心思只知道闷头做东西的小姑娘,我跟外公也无计可施。那俯弯的后背,那随手扎起的马尾,还有那双眼睑,身体的每个部位分明都静止不动,单就那一根根手指片刻不停地交错忙碌着。即便看不到作品本身,只消看着那十根手指头在如此狭小的空间里,如交互絮语又似弹奏乐器般舞动的样子,就会让人领悟到决计不能因为自己的事情而贸然打断她。

难道就因为忙着搭这小房子所以才不去学校了?要这样的话,是不是搭完以后就会回去上学了?外公和我也曾压着声悄悄讨论过这问题,但到底没谈出个结论。

"也正是敏感的年纪啊。"

最后外公就用这一句话,归结了整件事。

不管结论如何,妹妹终究再没去过学校。她那栋娃娃屋也断断续续,到现在都未完工。

"这东西,大概就是所谓的娃娃屋。"我跟外公解释说。

"玩过家家用的?"

"也不是,说起来更像成年人的兴趣爱好。"

"那就是说这世上也有其他人喜欢做这样的房子?"

"嗯。"

"这样啊。我还以为是那丫头自己想出来的呢……"

外公叹了口气。听那口吻，比起不愿去上学，这娃娃屋不是外孙女的独创发明，似乎更叫他扼腕。

碗碟、汤勺、茶具、调料罐、锅、烤箱、时钟、化妆盒、电灯、墨水瓶、桶、窗帘、观叶植物、床罩……她手不停工马不停蹄，却依然没个尽头，直叫人惊叹一个家居然可以填塞下如此繁杂多样的东西。看着这栋日渐充盈的小楼房，本以为差不多该完工了吧，殊不知墙上仅存的那块小小的空白还需要一面穿衣镜，要不就是卧室那座化妆台的抽屉里还少一顶安眠的睡帽。

妹妹坚持所有材料都必须从家中调取，不允许特意添置任何东西。餐具用的是幼儿园捏过的旧黏土，布制品则捡些花纹中意的碎布料缝合，间或绣上些小花样。回形针成了眼镜，棉签和丝缎变身打蛋器。不存在什么教程，当然更没有老师，做法全是她自创的。就因为这样，即便是出于礼貌也很难夸那房子做得漂亮。胶合板的边缘毛糙不平，黏合的接面摇摇欲散，地板跟房顶微妙地有些歪斜。那块手帕加十字绣做成的小地毯因为绣线过紧而起了浪纹，沙发的靠垫上竖着一撮撮露出的棉絮，餐具也因为黏土太干每件都有了裂痕。

然后最最诡异的，还是那毫无章法的缩放比例。毕竟用的都是东拼西凑的材料，说来也情有可原。可每样东西未免过于奔放，各自彰显着自己的尺寸。比如，墙纸上的蝴蝶比房门还大。餐厅的椅子高过餐桌。仅有四级的楼梯陡得异乎寻常，绝对不是妹妹那双小腿所能攀得上的。

妹妹的生活日渐隐没到做娃娃屋的工程里。她几乎每分每秒都跟那小房子厮守在一起，仿佛只要踏足其间，就不会觉得再需要前往任何别的地方。

小楼的空间在一寸寸扩张，最终赶走课本和卷笔刀占据了整张书桌，而且还在二楼、三楼地层层拔高，甚至出现了一间阁楼小屋。楼里不仅有四壁皆被书架填埋的书房，还有客厅、日光室、娱乐室和育儿房。不知从何时起，这栋小楼已远比我们三个人生活的房子更加宽敞，房间更多，家居用品也更充裕。

而在现实的家里，留意到一些小东西，比如洗碗用的海绵、火柴盒、没人用的皮革零钱包等，被截去一小块的次数越来越多。啊，准又是那家伙干的！不过每次也只是闪过此念，并无实际危害。妹妹需要的不过是极其微小的一部分而已。为填充枕头或床垫而被截去一角的海绵，照旧缩在水池的角落里，若无其事地淌着水滴。

不过外公似乎担心外孙女难为无米之炊。他自顾自地动起脑筋，集来了一些兴许能派上用场的材料。什么钥匙圈的金属扣、软膏的小盖帽、脱落的装饰扣、残缺的珊瑚片，或是一颗小彩珠。他晚上拿出这些东西，故意摆在餐桌上，到了早晨东西便消失不见，然后会在某一个时刻以我们始料未及的样子出现在娃娃屋里。

"那我走喽。"

我把本尼迪克特放到门廊上。假如要严格遵循妹妹的指示，步骤应是：先放到院子里，自由活动一小时左右，然后喂些水再放回娃娃屋。可我实在没那闲工夫，于是决定就把他放在门廊上，我直接去学校了。我跨上自行车，锁好院门又回头确认了一眼，本尼迪克特正乖乖地待在伞架下的阴影里。

别说去学校了，对于连大门都不出的妹妹来说，陪本尼迪克特散步的时间是她一天中仅有的可以呼吸外界空气的时候。最开始，妹妹会把他放到庭院东隅的桉树下，据说那里是他最能安心方便的地方。而她自己则坐在门廊前静静守望，不时朝他送去几许秋波，漾起一丝微笑。接着看时间差不多，便把他移到枯黄的草坪上、盆栽边、墙角下，或是别的什么地方，每换一处，她便会坐回门廊前一直等到他玩个尽兴。遇上雨天也雷打不动。

傍晚，在厨房帮外公做晚饭时，窗外总会不时闪过妹妹的身影。在晚霞的掩映下，她坐在门廊前的身姿看起来比平时还要小一圈，就算直接放进那栋娃娃屋也未尝不可。妹妹没有注意到我在看她，迈着那双小细腿踏过杂草走向本尼迪克特，用手指轻捏起他，拍去尘土。她似乎在对他说话，但又听不到说些什么，他则躲在她手里，看不到样子。只有妹妹的剪影映在窗玻璃上。

放学回到家一看，本尼迪克特还跟早上一样站在伞架下，不过脚边三三两两散落着一些小点，我当即冲屋里喊起来："外公，是你吧？回来了？"

"嗯，刚到家。放心，手术很顺利。麻醉也过了，人已经醒了。"

"那就好。不过，本尼迪克特边上有些怪东西……"

"是他便便了。"

"啊？"

"那是他的便便。"

我细细观察了一下那些东西。黑黑的，一颗一颗。

"帮我清理清理吧。来，拿去。"

外公递给我一只簸箕和一把扫帚。一只由配电盘的铜板凹折成的簸箕，和一把在牙签上绑了些碎丝袜条做成的扫帚。

"就扔在桉树下面好了。正好当肥料。"

两件东西抓手的地方极小，世上恐怕再没有比这更难用的工具，我设法竖起食指和拇指捏着扫帚扫动了几下，没想到那些小粪粒一下就进了簸箕。看来不管缩成多小，只要形状维持原样，依然可以尽忠职守。我颇为惊讶地生出些感佩。

我再次检视起那些粪粒，看样子像某种植物的种子。证据便是那棵桉树的根部有不少种类不明、不知为何的东西在自生自灭，有的冒着两片叶芽，有的长到一半便伏倒在地，还有的则开着白色小花汇成了一片茂密的草丛。我把粪粒零零散散地撒进草丛。本尼迪克特一边栖身于夕阳下，一边等我做完这些事。

那天晚上，只有外公和我两个人吃饭。晚餐就是一碗简单的培根卷心菜意面。

"少了那么一个人，好像就提不起劲来了。"外公似在辩解。

"没事。肯定是在医院陪她累到了。"

按理说，我们应该早已习惯家里的人一个个离去。妈妈，也就是外公的女儿在生妹妹时因为出血不止突然就过世了，爸爸扔下我们俩去了别的女人那儿，外婆前年也踏上了通往天堂的旅程。可尽管如此，家里最小的妹妹不过是去住几天医院，我和外公之间就仿佛裂出了一个无底的空洞。

"过会儿我来洗碗。外公你今天还是早点睡吧。"

"也好。明天一大早还得去看你妹妹。"

"嗯。"

我俩沉默着吃完了那碗咸咸的意面。

小房子虽然叫"娃娃屋"，里面却没有娃娃。如果硬要找出些跟活物或多或少沾点边的东西，那就只有本尼迪克特，以及贴在卧室墙上的影星彩照。妹妹订了本电影杂志，每个月都翘首盼着它快些寄到家。她中意的类型不外乎那种无功无过的标准美男子，罗伯特·雷德福、布拉德·皮特，还有莱昂纳多·迪卡普里奥，这三个人始终占据着榜单的前三位。

不过匪夷所思的是她从来不曾动过看电影的念头。就算去不了电影院，看电视或租影碟的机会也比比皆是，可她对电影本身全无兴趣。即便是罗伯特·雷德福和布拉德·皮特联袂出演，或电视上播映无剪辑版《泰坦尼克号》的时候，她的方针依然不曾动摇。

"没关系。我只要看到他们的脸和片名，就可以在心里创作出一部电影来。我自己的这部，肯定比原来那部还要感人。"

妹妹如是说。归根结底，她需要的不过是杂志上登的那些明星的脸蛋而已。

杂志寄到后，妹妹会连着广告及至版权页无一遗漏地看上一遍。尤其是关于三大美男的报道，几乎能通篇背诵。然后她会精选几页剪裁下来，换去上月收的部分或调整一下版式，贴到卧室的墙壁上。卧室的家饰装潢全部统一成了浪漫风格。床罩以蒂罗尔绣带[①]镶边，睡袍上缀着一圈圈荷叶褶，三面折叠的化妆镜前摆满了五颜六色的香水瓶。带顶棚的公主床垂挂下长长的蕾丝幔，床垫

---

① 奥地利蒂罗尔风格的刺绣装饰带。

看上去松软宜人，睡起来应该很舒服，确实适合梦见那些英俊的男星。

但问题是，要找到大小合适恰能嵌入那片空间的彩页很是困难。莱昂纳多·迪卡普里奥在杂志里看着很小，可实际剪下后，盖满了整面墙壁仍有富余。此类尴尬时有上演。更何况这三位美男皆是当红的影星，不管哪个页面都会尽可能大地突出他们。

"搞几张好看的海报贴贴不更好吗？就贴在这里。"我说着敲了敲泛黄的墙壁，上面还留有课程表撕去后的痕迹。墙边的那张床，是以前我俩共用的双层床拆卸下来的半剩品。妹妹脸上露出一副跟你讲不通的表情。

"可我每天晚上都是在这里睡啊。"

她指着那栋娃娃屋。指尖所对处，正是那张把外婆做的衬衣拆作床罩、里面塞着洗碗海绵的迷你床铺。

妹妹翻动杂志时总是全神贯注，聚目凝视着缩身一隅的小专栏、下期预告或小小资讯角，物色尺寸适宜的彩页照片。她执剪裁取时更是谨慎，一寸寸剪下那些美丽的容颜，时刻告诫自己，切不可因为一时大意而让这些宝贵的人儿毁于一旦。

罗伯特·雷德福低垂着头，焦都没对准；布拉德·皮特因为合照的女星被强行剪去而多出了几缕金色的发丝；莱昂纳多·迪卡普里奥嘴里叼着烟，起床后的乱发尚未抚平。但即便如此，他们还是从妹妹未曾去过、今后恐怕也不可能造访的遥远彼方，送来了阵阵清风。他们自己都没有出演的印象、观众就只有妹妹一人的电影，每晚都在这里上映。

本尼迪克特的狗粮平时都收在厨房的柜子里。在成排的餐具下，那只双拉门小柜的深处，装在纸袋里保存。都是妹妹手工做的。

面粉加胡萝卜、蛋壳，还有脱脂牛奶，混入鸡骨汤搅匀，然后经过一阵揉捏混搅，放进冰箱醒发片刻后搓成小球，用烤箱烤熟。季节不同，材料也会换成西红柿、南瓜或者菠菜。

做狗粮时，每次厨房都昏天黑地，直叫人疑惑：也没见她做多少东西，搞成这副鬼样子至于吗？筛面粉，磨菜末，妹妹不会省略任何一道工序，材料质量也颇为讲究。她站在厨房操作台中央，聚精会神地烹制，不时向帮厨的外公发出指示。

"好！"

指示一出，外公当即回应，或忙着剁鸡骨，或赶着冲洗血水。

两个人总是在餐桌前相对而坐，把和好的面糊一块块放在掌心搓圆，排放到烤箱用的铁盘上。我则在一旁看着他们。反正一不缺人手，二也不需要赶工。他俩的动作甚为轻柔，很是用心，也配合得极有默契。眼见着同样大小的颗粒笔直地排列在铁盘上，似乎都能收获到一种喜悦。我看着他俩，实在不觉得这是在给一只狗，而且还是本尼迪克特那样的狗做东西。用黏土捏两下不就完了嘛,这样的话我无论如何都说不出口。

要从餐桌和水池间伸进手去,拉开橱柜双拉门的把手,让我很是为难。在这栋娃娃屋里,我的手指大得无可救药。只要稍不留神,不是差点碰翻调料架,就是险些撞倒小桌上的葡萄酒瓶。不过当我用一小点指尖轻捏一小下后,橱柜门便听话地敞开了。那个放狗粮的纸袋,就陈列在果酱瓶、水壶和蜂蜜罐中间。因为袋上写着本尼迪克特的英文首字母,一个大大的B,所以一眼便能认出。

为提醒自己切莫搞错数量,我一边在嘴里默念十五颗、十五颗,一边一颗一颗地把狗粮放到本尼迪克特的餐盆里。盆的正中,也有一个字母B。

"好,快吃吧。"

本尼迪克特仍在起居室安乐椅旁的老位子上休息,我把餐盆放到了他跟前。

"外公说手术很顺利,"我轻声低语,"再过四五天就能回来了,我猜。"

缩放比例果然奇怪,餐盆对本尼迪克特来说大得出奇,几乎能做脸盆。不过本尼迪克特好像并不介意,依旧看着某个不知所谓的地方。

第二天早上再去妹妹房间时,餐盆空空如也。我以为出了什么盆子，狗粮翻出了盆外，可在暖炉旁和安乐椅下找了一圈，也没寻见那些狗粮。

"好吧，真吃了啊……"

晨间的阳光从朝东的窗口照进来，也照到了娃娃屋上那片涂料都未抹匀、隐约透着胶合板木纹的屋顶。餐桌上摆着成套的茶具，书房的写字台那儿摊着一本读到一半的书，小床边莱昂纳多·迪卡普里奥顶着一头乱发，微扬起嘴角。

"好了，散步去。还得到桉树那儿方便方便呢。"

我说着捏起了本尼迪克特。

在娃娃屋里，妹妹最劳心费神花工夫做的，或许就是书房里那一排排的书。跟卧室一墙之隔的书房常年拉着天鹅绒窗帘，散发出一股安静沉稳的气息。四壁围有一圈书架，架上塞的书，全都是妹妹手工做的。她先把便笺纸剪成书页大小，用糨糊黏成细长的一条，然后一外一里轮流翻折，最后再安上硬纸板做成的封面。封面装帧每本都不一样，有的贴着糖果包装纸，有的画上了某种插图。上面还写有书名和作者。

不仅如此，就连书中的内容都写得工工整整。妹妹挑最硬的铅笔，削得尖细，弓圆了背，像趴在书桌上一般，专注于她的"创作"活动。

"能借我一本吗？"

我心血来潮跟她开口，她答应得倒很爽快。给的是安德烈·纪德的《窄门》[1]。我啪啦啪啦翻了几页，发现里面竟是货真价实的文字，写着词达意顺的文章，顿时一惊。

"你们要努力进窄门[2]。"

第一页，千真万确如此写道。不管那字有多小，也不管线条如何挤作一处，或空隙如何缩成一团，我都能认出那是妹妹的笔迹。

"这书，难道真是《窄门》？"我本以为书里不可能写得了字，充其量就是画几条浪线、点几个点硬充成书的样子，毕竟就那么一丁点大。惊讶之余，我继续翻看起书页。

"那当然！"妹妹摆出一副那还用说的表情，"这是《月亮和六便士》[3]。还有这个，《人的大地》[4]。"

"这些全都是你写的？"

---

[1] 安德烈·纪德（1869—1951），法国作家，生于巴黎，1947年获诺贝尔文学奖，代表作有小说《背德者》《窄门》《田园交响曲》《梵蒂冈地窖》《伪币制造者》，散文《地粮》《刚果之行》等。《窄门》讲述了一对表姐弟之间柏拉图式的充满神秘主义色彩的爱情悲剧。

[2] 前后文是："你们要努力进窄门，因为引到灭亡，那门是宽的，路是大的，进去的人也多。引到永生，那门是窄的，路是小的，找着的人也少。"摘自上海译文出版社2010年版，桂裕芳译。这句话原出自《圣经·新约·路加福音》十三章二十四节。

[3] 英国作家威廉·萨默塞特·毛姆的小说，以第一人称描写主人公查尔斯的心理活动，讲述了一个中年股票经纪人突然抛妻弃子去追寻艺术之梦的故事。

[4] 法国飞行员安东尼·德·圣埃克苏佩里的散文集，其最广为人知的作品当属《小王子》。

"那是!"妹妹点点头。那口气仿佛她就是毛姆或圣·埃克苏佩里本尊。

顿了片刻。"当然啦,不可能全写上去,所以简略掉了很大一部分。"她补充说。

为了妹妹,我从图书馆勤勤恳恳地借了不少书。《罗密欧与朱丽叶》《异乡人》①《别的声音,别的房间》②《茵梦湖》③……她拿到书后会一口气读完,摘录出关键语句,再把内容调整成跟她那些书的尺寸相合的长短誊上去。书房眼看着被一本本书陆续填满。那些书经由妹妹之手改换上新的容姿,寻得了新的去所。

刚开始我纯粹是半开玩笑半带揶揄,可后来不觉间开始暗自期待看到自己借的书微缩成册,散发着如沐新生的浆糊的味道,填塞进书房的书架里。为搭建那栋娃娃屋,自己分配到的职务就是借书,跟做狗粮的外公各司其职,我突然生出了这样的感悟。

极少极少的几次,娃娃屋也会有信件投递上门。门柱上的信箱里,会插入一枚长长的雅致的信封。邮票上绘着某位外国伟人的肖

---

① 诺贝尔文学奖得主法国作家阿尔贝·加缪的作品,通过主人公违背常理、及至最后被处决的一系列荒谬行径,探讨人类生存的非理性,是存在主义文学的杰作。
② 美国作家杜鲁门·卡波特的代表作,描写了一位少年成长的心路历程,带有自传色彩。
③ 德国作家特奥多尔·施托姆创作的小说,讲述了一对青年男女的爱情悲剧,文笔极富诗意。

像。妹妹拿信时就像在触碰一件尤为特别的物品，取出后当即收入书房写字台上的信匣，并不立刻拆阅。等过了数日，情绪酝酿得足够饱满时，才动手开封。

那信匣里的东西，连我都不给看。甚至是本尼迪克特，也不得靠近半步。

"谁的信？"

我问妹妹。她每回总要装腔作势忸忸怩怩上好半天，才最终柔声细语地告诉我，"是罗伯特"，或者"是布拉德"，又或者"是莱昂"。

"是写给我的回信呢。"

"好吧。"我留下这句话，从娃娃屋边走开，好让她定下心来看信。

我一边在脑海里浮想妹妹躺在医院病床上的样子，一边揣度那些信里都写了些什么内容。但愿罗伯特、布拉德或是莱昂能好生对待我这妹妹。

已过子夜，我醒来上厕所，看到妹妹房里亮着灯。外公站在娃娃屋前，格哩格哩、格哩格哩，发出一阵奇怪的声响。他在吃我傍晚为本尼迪克特准备的狗粮。

"你也太乱来了，外公。"我说。

"用的材料,全都是能吃的,应该没什么问题……"外公一边嚼动嘴巴一边辩解。

"可这东西,是做给狗吃的啊。"

"也是,确实有点硬。搞不好假牙都给磨坏了。"

"那你还不注意点。"

"没办法。谁叫平时都是那丫头吃呢。"

"真的?怪不得会得盲肠炎。"

"啊?不会吧?"外公说着捂住了自己的右腹部。

"反正,你还是赶快去把假牙补好吧。"

"嗯,说得也是。"外公拍了拍黏在嘴边的粉渣,回自己床上去了。

本尼迪克特的餐盆里还留着几颗狗粮。我捡起一颗,扔进嘴里。确实够硬,不用力还真咬不碎,表面舔起来很粗糙,没有任何味道。不知道是不是错觉,只感到透出一股发霉的气味。

白炽灯照在深夜的娃娃屋上,角落里那些小东西的轮廓看上去竟比日间更显清晰。厨房里的锅具就好像方才刚有人擦洗过一般光洁透亮,好几种植物的暗影在日光室的地板上舒枝展叶,书架上的每一本书,都在等待着有人将它们捧入手中的那一刻早早降临。本尼迪克特依旧蹲靠在安乐椅旁,用那双低垂的耳朵谛听着暖炉里火星迸溅的声音,连狗粮被人抢走都不管不顾。

"不早了，该睡了。"

我收走了 B 字母餐盆。手指擦过茶几、擦过落地钟、擦过周围零零散散的各种东西，茶壶、花瓶、烛台全都摇晃起来，不过不久便复归平静。我捡起那方从安乐椅上滑落在地的方巾，叠好放回原位。外公大概已经卧床落枕，那边的动静似已渐渐消隐。

那方盖腿保暖用的方巾是从妹妹襁褓中所用的蕾丝裹毯上剪下一小块后，四边缝上流苏做成的。原本柔嫩可人的粉红已在岁月间黯然褪隐，不过上面的花卉图饰倒还清晰可辨。听外婆说，这是妹妹还在妈妈肚子里时，由过世的妈妈亲手编就的。

妹妹在起居室的安乐椅上送走了一段段悠长的时光。茶壶里注满温热的茶水，暖炉中的火光安详地跃动，除去时钟走针的声音和本尼迪克特睡梦中的呼吸外，听不到任何响动。不知是地板的缘故，还是椅腿本就不平，安乐椅看上去总有那么点歪斜，但妹妹毫不介意，舒舒服服地把身子窝在里头。怎么坐才会更惬意，她比谁都深得要领。

妹妹正在品读上星期收到的信。那封信是那几个帅得仿佛不是此世中人的男星寄来的，只有她才有资格开阅。看了一遍，又看一遍，在翻来覆去反复翻看的过程中，她早已背下了那些言辞。即使不看信纸也能在脑海中随心所欲地唤醒那些文字，可即便如此，她还是久久凝视着那封信件。

这时本尼迪克特伸了个懒腰。终于，妹妹把信封放落到茶几上。伸出手，轻抚本尼迪克特的背脊。他背脊的高度正处于她手所能伸到的位置，唯独在这一点上缩放比例恰到好处。本尼迪克特的背脊无比顺滑，蓬松柔软，比茶水和暖炉还要温热，从中透出一股让人想一直摸下去、永远不停手的暖意。本尼迪克特没有显露出分毫厌烦，相反，只是乖乖地一动不动，就似在说："嗯，没关系，永远摸下去好了。我的背脊就是给你摸的。"

只要有本尼迪克特在，什么都不需要烦忧。妹妹沉浸到这样一种心绪里。她的身体包裹在一条裹毯内。那毯子用蕾丝一针针编就，把妹妹周身围上一圈都还可以长出一截，甚是宽大。丝线交织的节点上留有妈妈手指的触感。妹妹闭上了眼。她漫无止境地深陷向那条裹毯的深处，越变越小，越变越小。

第二天，放学回来时本尼迪克特不见了。早上明明像往常一样放在门廊上的，此刻却不见了踪影，只有那些粪粒零星散落在周围。

"外公！外公！在吗？看到本尼迪克特没？"

外公还没从医院回来。

我把伞架整个倒过来，匍匐在草坪上爬找了一圈，不用说桉树根部那片小草丛也都扒开翻了一遍，可哪里都寻不到本尼迪克特的踪迹。难不成被风吹跑了？或是被乌鸦叼走了？到底还是应该听妹妹的指示，散步散上一小时就回家。不该把他留在什么门廊上自己跑开。我顿时追悔莫及，茫然失措不知该如何是好。

"要冷静。"我对自己说。

讲不定是外公放回娃娃屋去了。除我以外能对本尼迪克特做些什么的，只有外公。何况跟粪粒和狗粮前前后后纠葛不清的一直都是外公，准是这样没错，所以不用担心。

我迅速跑上楼梯，飞也似的冲进妹妹的房间。但娃娃屋的安乐椅旁空无一物，唯独那只没了狗粮的 B 字母餐盆孤零零地留在那里。

到这一步，只能把所有想到的地方统统翻找一遍。窗帘的褶缝，拖鞋的鞋洞，家里每一只抽屉，垃圾桶，床底下，衣袋内……直到此刻他失踪了，才终于让我意识到本尼迪克特是何等之小。他能躲进去藏身的地方，举目皆是。

难道这是在暗示妹妹的盲肠会恶化？我不免开始担心。至少有一点可以肯定，这绝对不是个好兆头。妹妹一定会很伤心，说不定会把我臭骂一顿。为了这只破旧的玩具狗，她肯定会忘却盲肠刀口的疼痛，痛哭流涕。

这时，脑海中突然冒出个念头：该不会是外公带去医院了吧？没错，肯定是这样。为鼓励妹妹，本尼迪克特去医院探病了。外公也真是，就不能写张便条留个话给我吗？

就在我松下口气站起身的刹那，胳膊竟鬼使神差地撞到了娃娃屋的屋顶，待我反应过来时，各种零零落落的小东西已从倾斜的娃娃屋里稀里哗啦地翻落下来。我赶紧伸出两只手想接住它们，却终是徒劳。在我的手指间，叉子、锅铲、珠宝盒、缝纫机、铅笔盒，一一穿落。

等到周围重新安静下来，我才终于把目光投向自己脚边。那里散落着一堆书架上跌落的书，有的翻了个底朝天，有的相互堆叠在一起。本尼迪克特就蹲坐在其间，似乎在说：刚才我就一直在这儿，像这样蹲着。他表情从容镇定，扬起缺了一小块的鼻尖，目不转睛地注视着侧前方的某一处。本尼迪克特面前，摊着一本书。"正好，我刚看完这一页，正在细细品味这几句话呢。"他的眼睛仿佛在这样对我说。

我捡起那本书，是《铁皮鼓》。

"妈妈把奥斯卡叫作大拇指，时而叫：我的小大拇指哟！时而叫：我的可怜的大拇指啊！"[①]

那一页上这样写道。

[①] 此处略作简略，原文是："妈妈多愁善感，在此后的几星期内，首先是在圣诞节这段日子里，她一次又一次地把我搂在怀里，把奥斯卡叫作大拇指，时而开玩笑地叫着：我的小大拇指哟！时而悲哀地叫着：我的可怜、可怜的大拇指啊！"摘自上海译文出版社2006年版，胡其鼎译。

我捡起掉落的东西,把它们放回娃娃屋。一件一件复归到原先所在的地方——妹妹规定的正确位置,以免弄错。我把《铁皮鼓》插回书架,叠好方巾搁在安乐椅上,再让本尼迪克特站到椅边。

明天,就是妹妹出院返家的日子。

猎豹不日亮相

送走 h 已有十七年。我刚开始茫然若失，一度闷在家里，后来经人介绍，进了动物园的礼品店工作。

入正门后，沿火烈鸟棚和孔雀园之间的坡道往上走，右手边就是动物乐园。那里有片树阴加摆了几张长椅，算是一方不大的休息区，旁边还建着一排食品小卖部、储物柜和哺乳间。店的后墙，紧挨着大象睡觉的笼舍。

打的招牌虽是乐园，可店里远没有那么奢华。天花板已经发黑，空调成天传出一阵听得人心浮气躁的声响，员工制服土得掉渣。长毛绒玩具、T恤衫、布艺徽章、桌垫、便笺纸、积木、饼干、糖果、拼图、雨衣……商品无一例外尽是些便宜货，大凡凑个数敷衍了事。不管是什么姑且先集起一堆形状是动物或者带有动物图案的东西，摆出来再说。这样的感觉无可掩饰地飘荡在店里。

可来店里的孩子们，只要有人给他们买上那么一件东西作纪念，脸上就会闪露出这世上再没有人比他们更幸福的表情。我把手伸进长毛绒玩具堆成的小山，拉出长长的丝绒舌头露出一截的变色龙，或是大过头的玻璃眼珠被指纹沾得黏腻的蜂猴，再就是在挤压下鼻尖已经弯折的非洲食蚁兽。为方便孩子们直接抱回家，我会剪去价标，拍掉积尘，边说"来，拿好"，边递过去。这时，他们都会用一种仿佛眼前这位阿姨就是制作长毛绒玩具的大师、又像惊觉原来这人才是乐园女王陛下般的眼神，凝望着我。

不过下一秒，孩子们就已对我背过了身。一只手牢牢地把玩具夹入臂弯，另一只手拉住妈妈的手，头也不回地离我而去。

动物园在傍晚五点半闭园。聪慧的大象对一天的作息时间摸得很透，只要临近这一时刻，便会聚到从活动区通往笼舍的隔栅前，摇动着象鼻，等待铁栅开启。

前年，最年长的雄象死后，就剩下两头雌象了。

"生于拉脱维亚共和国，雌性，三十九岁；生于美国芝加哥，雌性，十六岁。"

介绍牌上写着这样一行字。关于雄象的说明已被白色的油漆涂盖。

这两头象关系不怎么和睦。不管是喂食的顺序，还是选占洗澡的地盘，按规矩都以年长的拉脱维亚为先，但性格强势的芝加哥凡事都想要胜对方一筹，时刻准备伺机而动。在隔栅前也是一样，她总觉得自己才应先进笼舍，于是不时施放几招障眼法，惹得拉脱维亚不胜其烦。

扬声器里传出了宣告闭园的音乐，人们和着旋律调整步调，朝出口的方向汇成一条条队列。转眼间动物乐园里的人影也已消失不见。终于，铁做的隔栅缓缓开启。

在重度生锈的滑轮翻滚出的一阵咯楞咯楞的声响之后，依照拉脱维亚、芝加哥的顺序，两头象迈步走在了去往笼舍的通道上。虽然从礼品店看不到象舍，但我能在脑海中栩栩如生地摹想出她俩的形姿。为什么她们有着如此庞大的身躯，却又能如此安静呢？我没有一次不为之惊叹。那四条如老树般审慎沉稳的腿，没有犹疑，也不会轻疏，总能踏准正确的步点，片刻都不会发出多余的响动。她们让我深信，假如世界上存在一种东西叫作真正的静谧，那么必定是在这两者的足底。

我结算完一天的营业额，把现金锁进保险柜，然后给货架罩上防尘罩。脚边传来两头大象发出的谈不上动静也不能算振动的些微讯号。她俩已经领悟到这一天业已结束，于是不留任何眷恋地朝日间的光亮背过身去，走向休憩的卧床。她们并没有相互无视，但也不曾亲密地依偎摩挲，尾梢与鼻尖始终保持着将碰未碰的最微小的间隔。鸟舍那边传来一群热带鸟尖锐嘈杂的鸣叫，象舍里的气息却分毫不乱。只有芝加哥，啪嗒一声扇了扇耳朵。

在这偌大的动物园里，只有我一人，感知到了她俩向光明道别的讯号。我相信，这不为任何其他人而只为我，是在告诫我黑暗已经迫至眉睫。

我想象着她们足底无论多少分量都能默默承受的、那方厚实的柔软。在我的手掌中唤醒那毛糙的触感。总觉得只需将身体托付于她俩的静谧，漫漫长夜便可以安全无虞。

拉脱维亚进了最里间，芝加哥步入了比那靠前两间的笼舍。里面已经铺好了寝垫。拉脱维亚背靠墙壁，芝加哥横身而卧伸直四腿进入梦乡。

"好了……"我喃喃自语，"真乖，好好睡吧。"

不曾向 h 道出的这句"好好睡吧"，转而对大象轻吐了出来。但这几个字终究到不了任何地方，只在我耳边卷起层层旋涡。

确定两头象都不再有动静后，我锁上乐园的门，走下坡道，离开了动物园。

下班回家的路上，我会折去车站前的冰淇淋店。在那里，买上一个冰淇淋吃，几乎是我生活中唯一的享受。店内的玻璃柜里，纵四横六，总共排放着二十四种冰淇淋。除香草、巧克力、草莓这些必备品种外，口味还会随季节不断翻新。店里生意极好。我刚在冷柜前稍稍思虑片刻，便有一群女高中生插了进来。她们把书包和塞着运动服的背包一个劲地往前推以便挤占更多空间,"我要香蕉奶油,大球""太妃糖和甜汽水,双球""给我芒果冰,要纸杯",以这般气势一个接一个地开始点单,其间一群人依然聊个不停。

待我回过神时已被挤到冷柜的边角。她们毫不迟疑地朗声宣告着各自的口味,我只能抱着甘拜下风的心情看着她们。

"请给我一个,枫糖浆甜栗……"

好不容易下定决心报出了口,可在那群女高中生面前我的声音虚渺得连声叹息都不如,未能传入店员耳中。似乎每个人都以为我只是个陪客,或是一不留神被顺带挤进来的路人。

我乖乖等在一边,等有人注意到我。就在等的这会儿,要不,还是改朗姆酒葡萄干吧,心头的犹豫数度折返。各自心仪的品种到手后,女高中生们迫不及待地舔起来,瞥都不曾瞥我,便拥出店去。她们的脖颈看起来无助得就像尚未固结的奶油,隐隐残留着躺在襁褓中的香甜气息。那味道真的是从那脖颈上飘来的,抑或只是源于冰淇淋的干扰,我无从分辨。等终于轮到我点单时,对于自己究竟该要哪个品种我已彻底失去了方向。

有一度我曾决定,就从玻璃柜的左上角开始,横着往右每天依序各点一种。这样就可以不用犹豫,还能无一遗漏地尝遍所有品种。

在一天结束时吃上一小个冰淇淋,是给我一成不变波澜不惊的生活添上一抹亮色的一个微不足道的小习惯。不管是台风来袭长毛绒玩具一个都没卖出去,还是被刁钻的客人连声怒骂了三小时,又或是搬动装货的纸箱不当心扭到腰,只消为我在脆皮蛋筒上叠一份黑加仑冰霜,那宝石般的酒红色或多或少能给我的内心带来些许抚慰,柠檬棉花糖的绵软让我安心,格哩格哩咬碎杏仁的声音则会给我以鼓舞。

但唯独香草的那天,不知何故让我生出几许惆怅。无论季节如何流转,也不管什么样的潮流挟裹而来,香草决计不会销声匿迹,时刻占据着二十四个品种中的一方角格。尽管如此,我却一次都未曾见人点过。其余的二十三个种类竞相炫耀着艳丽的色彩,以果仁、碎巧克力或枫糖浆纹路装点周身。相较之下,香草实在过于朴素,仿佛在那玻璃柜里只有那一方角落被遗忘、被孤立。

"请给我……香草……"

香草那天,到底没能胜过以往喊出更大的声音。

我在心里盘算着尽量远离那群女高中生,可不想店里人一多她们竟朝这边寸寸逼近,甚至有人把运动背包直接搁到了我面前。我蜷缩起肩膀,目光不与人相碰,凝视着地上的某一点,命令自己收心凝神专注于手中的冰淇淋。她们一边继续喋喋不休,一边勇敢地挑战着尺寸远大于我的冰淇淋球。她们无所顾忌地伸长舌头,随心所欲地操控其掠取的冰淇淋,并发出格哩格哩的声音咬碎蛋筒。即便嘴角沾上了奶油，即便裙摆下露出的大腿隐约可窥，也都毫不在意，就好像这世间没有任何东西值得畏惧。

我愈发把背脊蜷缩得更小，像只怯生生的小鸟啄食树果般噘起嘴，舔舐蛋筒的边缘。然而不论我如何谨小慎微，都不可能对眼前这只背包视而不见。里面装的是俱乐部用的运动装还是体育课穿的体操服和运动短裤？背包吸饱了汗渍和尘土，破旧到极限，显得焉软无力。那包似乎在证明一个事实：别看她们肆无忌惮地吃着冰淇淋，但其实都还是群需要庇护的柔弱孩子。包的分量和大小让人忍不住想取过来两臂并举，将其拥入怀中。离别时，h 也恰是这般大小……

那段回忆涌上心头的瞬间，融化的冰淇淋淌过手指，滴落到裙子上。我慌忙伸手去拿纸巾，匆忙间碰到了像背包主人的少女的脊背。她微微侧转过头，仅在刹那间浮现出一丝警觉的神情，而后便重新投身到闲谈中。我擦了又擦，裙子上的色斑却难以消去。

玻璃外墙对面的人行道上，大批人流穿梭而过。冷柜前已经排起队列，店员们忙碌地穿来走去。和刚才一样，没有一个人注意到我，就像香草冰淇淋那般我被所有人忘在了脑后。

动物园并不大。招人眼球的猛禽、大象、河马虽然一应俱全，但就规模而言，即便缓步而行也只要一个小时就能看遍所有的动物。休息时我常常一个人在园里散步。一来身为礼品店的员工有必要学习些关于动物的知识，二来在休息室跟同事们聊天于我无异于一种折磨。

有一天我在猎豹的笼舍前停下了脚步。

食肉目　猫科

猎豹

英文名：cheetah

体长110～140厘米　体重40～70公斤

栖息于非洲至印度北部的热带草原及荒野，是陆地上跑得最快的动物，能以超过100公里的时速奔跑。夜伏昼出，捕猎时多藏身于低矮的树上或灌木丛中。不擅爬树。孕期为90天至95天。一胎可产下1只至8只幼崽，但因被狮子及鬣狗捕食，死亡率极高，能存活长大的幼崽仅有5%左右。

这是一头生于瑞士一家动物园的雌豹。多数时候她都潜躲在灌木深处，腹部贴地趴伏在岩石的缝隙间，有的游客甚至都寻她不着。和东北虎或狮子相比，此处的氛围要沉静得多。

我目光停驻的地方，既不是那段介绍里的孕期，也不是一胎诞下的幼崽数量或者死亡率，而是：

英文名：cheetah

猎豹的最后有个 h。我凝视着那个 h，试着在嘴里轻声唤出"cheetah"。

究竟是从何时开始，猎豹的末尾藏进了一个 h？我几乎每天都从猛禽的笼舍前走过，却一直无所察觉。豹是 leopard，捷豹是 jaguar，老虎是 tiger，没有一处存在什么 h。h 只和猎豹厮守在一起。不知多少次游客们曾聚在这里，手指岩石一遍遍呼喊"cheetah，cheetah"。在那一声声 cheetah 的余音里，分明就不曾发音，连存不存在都暧昧不明地、附缀着一个 h。到底是谁在这么个地方藏进了一个 h 呢？

为了平复内心的悸动我闭上双眼，把手掌抵在猛禽笼舍外的玻璃上。那玻璃冰得生疏而冷漠。我紧接着睁开眼，猎豹还是以同一个姿势在同一个位置伏地而卧。

那之后，猎豹于我就成了一种特殊的动物。只要一有时间我就会拔腿奔向猎豹的处所，也不做什么，只是静静地观望她。由于动物乐园和猛禽的笼舍相隔甚远，为了尽可能充分地利用工休时间，我必须拼尽全力冲上坡道。喘不上气也好膝盖痛也罢，我都无所谓。不管什么时候猎豹总是一副泰然自得的样子。不曾显露出分毫藏匿h的神态。

黑色斑点散布在土黄色底上构成的华美图案，和那一直延伸到尾尖的平滑流畅的背部线条，像极了一垛摆放在草丛间的丝线。叫人忍不住遐思，若能用面颊抚蹭，那该有多舒服啊！而如果她一旦起身而立，那份魅力更是让人眼前一亮。浑身上下每一块肌肉都无懈可击地充盈着紧张，斑点图案以精准到极致的密度裹覆全身，每踏出一步尾巴就会机敏地摇动两下。

和预想的不同，她个头并不大，胸部精瘦，腹腔往里凹陷，脑袋很小。让我尤为惦念的，还是那道从眼眶经由鼻翼一直延伸到嘴角的黑色纹路。就因为这条印刻在脸上的、作为猎豹识别特征的印记，她在我眼里似乎总在哭泣。莫非是过去曾几何时流淌下的泪痕，就那样不曾消逝地留了下来？一想到这里我就担心得不能自已。本想窥探她眼中的表情，她的眼瞳却始终朝向某个遥远的彼方。

这辈子，我本已下定决心不再提h的名字，即便在书里、报上或街巷间碰巧看到有人同名，我也会立刻移开视线，但自从在动物园里邂逅猎豹后，我开始允许自己破一个例：边思念h边唤出"cheetah"这个词。在敲打收银机的间隙，在给孩子们递上长毛绒玩具的刹那，在舔食最后一口冰淇淋的瞬间，我都会轻声低语"cheetah"。然后在心底，在那声低语的末尾，唤醒即将随气息一同湮灭的 h 的身影。

昨天是抓捕演习的日子。假定笼栅在地震中塌毁,一头白犀溜了出来。饲养员钻进玩偶服扮演白犀。

因为动物乐园前的休息区,恰好被选为最后抓捕白犀的场所,所以四下里出现了从没有过的闹腾。白犀刚一现身,立刻就有孩子兴奋起来发出阵阵怪叫,有的漫无目的地蹦来蹦去,有的抱着妈妈放声大哭。动物园的员工们张开绳网堵住去路,并开始疏导游客避往安全的地方,而白犀则撞向了那几个身上预先贴有"伤员"字样的人。"伤员"们接二连三地倒成一片。旁边又有位"病人"突发心脏麻痹痛不欲生,转眼间急救人员就已冲入场内开始紧急施救。这期间白犀仍在休息区里徘徊游走,被那些头盔盾牌全副武装的员工们拿着铁棒,从绳网的格缝间或敲或戳。

这时,竟有个孩子走向了那头白犀,不知什么时候从大人脚边钻过去的。一条格纹吊带裤加一双白袜,手里提着个藤编的篮子,是个四岁左右的小男孩,假日里换上漂漂亮亮的衣服、篮子里塞进野餐的美食、跟着父母同游动物园的幸福的小孩,他此刻正是这样一副标准装扮。小男孩既没有嬉闹,也不显害怕。

他抚摸着白犀松垮垮的屁股。那白犀皮已经磨褪了色,看样子是拿去年演习用的白熊服装紧赶慢赶改出来的。前额缝的犀角歪向一边，尾巴也半脱半落。虽说只是场演习，可也绝不能出现让一个孩子靠近脱逃动物这样的状况。员工们面对这不合规程的意外顿时慌了手脚。围聚在绳网这一侧的人群里，传来几声女人的呼喊，像一位母亲在召唤她的儿子。但显然，小男孩并不知道自己引发了一场什么样的混乱。他所知道的只是眼前这头白犀身陷困顿，而且还饱受周围人的欺凌。

男孩一只手紧握篮子的提手，另一只手放到了白犀已开始脱落的尾巴的上方。他像在安慰白犀，又像在为白犀揉解伤痛，用手掌在那里画着圆圈。他小小的手指埋进了松垮的布缝里，身体也整个陷入白犀的双腿间。那双眼瞳直勾勾地仰望着白犀。这时白犀也回过了头，但碍于此刻的身份，犹豫踌躇着不知如何是好，后来似乎终究按捺不住，还是温柔地摸了摸小男孩的头。

就在此时，一个员工扔开手里的盾牌和铁棒一把抱起那个男孩，转眼间便把他带去了别处。越过那人的背影，白袜和篮子忽隐忽现渐渐远去，不久便隐没在了人群里。

片刻的喧闹归于平静后，演习继续进行。兽医举着麻醉枪坐车入场，朝白犀射击。那一箭正中右肩。没多久麻醉起效，白犀开始东摇西晃，片刻后终于把持不住卧倒在地，最后被人用绳网层层卷裹搬上了卡车的载货台。人群中翻腾起一片欢笑和掌声。

"抓捕演习到此结束。非常感谢大家的配合与协助。白犀已被顺利捕获,目前正在动物医院接受治疗。等麻醉药效过后,如果健康状况良好……"

伴着园内广播的通告,员工们收起了隔离网,应急车疾驰而去,"伤员"和"病人"也都摘去了身上的标牌。游客们三三两两开始继续游园。

我在寻找刚才那个小男孩。要是他还没跟走散的妈妈会合,依然孤零零地一个人留在那里,那我愿意立刻冲到他身边,帮他拉好滑落的袜子,整一整头上的乱发。我只想轻轻握一握他那只抚摸过白犀屁股的手掌。假如那只手掌能替我抚一抚猎豹,那又会是怎样的一番情景呢?在斑点图案上轻轻滑动的五根手指纯洁无垢,就连隐藏在毛层下的小小凹陷也都能用指尖一一抚过。他还可以把那个唯有猎豹悄然藏匿的秘密,掬捧到他的掌心……

只可惜我没有找到小男孩。白犀不久前刚刚脱逃过的迹象已经无处可寻,休息区又变回成一片索然无趣的广场。只有妈妈们紧握着不可能弄错的自家孩子的手,从前方一一走过。

"喂,你能不能快点?"

我回过神,才发现面前站着位客人正拿着一盒考拉饼干。

"真对不起。"我连忙道歉,敲打收银机,递过要找的零钱。

"你这售货员动作这么慢怎么做生意?"

那客人扔下这句话走出了店门。

"那个叫做泪线。"

猎豹的饲养员刚来不久,是位彬彬有礼的青年。人很瘦腿很长,跟那双蓝色的长靴很相称。每次见他工作服的纽扣总是规规矩矩地一直扣到最上面。

"有人说是为了让阳光看起来不那么刺眼。"

"是吗?这样啊。"我认同地点点头。

一来二去我和他照面打多了自然就熟识了。在笼舍前遇见时,总会三言两语,聊上几句。我们只说猎豹的事。猎豹的饲养员是个让人感觉如此舒服的年轻人真是太好了,我在心里暗自庆幸。

"不过,假如她会哭的话,眼泪应该会顺着那条线流下来吧。"我说。

饲养员看了一眼像往常一样趴伏在侧的猎豹,尔后露出一丝羞涩的表情,答了声"是的"。

说起来那个抚摸白犀的男孩,要长成这样一位青年,会需要多少时日呢?他要切分几十公斤重的喂食用的马肉,要打扫室外活动区,还要指挥猛禽来来往往,那只提着篮子的小手,真能发育到足以担当这些活计的程度吗?我看向青年紧握清扫刷的孔武有力的手,思考着这个问题。觉得这两双手居然可以同为"手"这样东西,实在叫人难以置信。

"那好,我先走一步。"青年欠了欠身,朝猛禽笼舍的后方走去。

"哦,好的……"虽然心里知道自己应该更礼貌地跟他道别,可望着青年的背影,言辞就是无法连贯地蹦出口。

"再见。"

我转而对猎豹说出这句话后,返回了动物乐园。

猎豹因为颚部较小,没有力气直接咬碎头骨,所以要置猎物于死地颇费时间。在这过程中被狮子或鬣狗横刀夺食的情况时有发生。即便如此,她还是坚持不抵抗的方针。告诉我这些的正是那位青年,他似乎把我当成了一个酷爱猎豹的中年妇人。

"有人喜欢自己照料的动物,当然开心了。"青年率真地说。

猎豹已经饥肠辘辘地等了好几个小时,她不会错过好不容易降临的转瞬即逝的机会,跃驰而出,追击羚羊。我在脑海里描绘着这样的图景。那四条腿令人瞠目地蹬踩着地面,背脊柔韧地拱起,双目凝聚向一点,紧紧追随着猎物。羚羊的腿太过细瘦,结群的同伴早已散得七零八落。就在羚羊腿缠绊到一起的刹那,猎豹飞扑上背,将其拽倒,一口咬住了脖颈。尘土飞扬而舞。窒息,在咽下最后一口气的时刻降临前,焦躁不安的时光再度分秒滴逝。等到痉挛的羚羊腿终于不再有动静时,不知何处冒出了一头母狮。母狮居高临下,极尽威严地迫近身旁。猎豹从猎物身上松开口,和威吓的母狮拉开距离，退往后方。她既没有露出不甘的神色，也不曾摆出乞怜的姿态，只是毅然地昂起被血污弄脏的面孔，迈着和与生俱来的优美胴体相符相称的步伐。她深知，假若因为不舍而一味顽抗，万一伤到腿脚将无法再捕猎，所以还是忍一时之气重新捕猎更为明智。

草丛间嗷嗷待哺的孩子们在等待她。他们只能舔舐母亲嘴角沾染的血滴。在洒落大地的光亮中，那两道泪线看上去比任何时候都更显黑亮更显明晰。

次于猎豹我所感兴趣的，就是去看那些挂着"不日亮相"的告示牌的笼舍。哪怕是在火速赶往猛禽区的路上，只要一看到这些告示牌，我就会情不自禁地停驻在原地。看样子应该忠于职守很久了。木制的牌子边角已经磨损，漆涂的文字也有好几处剥落。

有时是出借给其他动物园，有时是哺育幼仔需暂时隔离，有时则是年久失修不得不翻新重建，笼舍会因为各种理由暂时空置。即便是那些在与不在没有太多不同的小动物，比如鼠袋鼠、毛丝鼠或箭毒蛙，只要一旦离去，笼舍就会无可挽回地被一种空漠的虚空所填满。这跟动物的体型无关，活生生的东西在还是不在，截然有别。就因为没有了那么一个活物，那些池塘、假山、人造树、灌木丛、饮水池、栖木、瀑布、铁丝网，所有一切都显得徒劳而无用武之地。我就那样不知厌倦地凝望着那片虚空。

那里面清理得异常干净，连一根羽毛、一片毛发都不曾遗落。脚印已经消失，饲料盒空空如也，当然更听不到鸣叫声。但即便如此，直到昨天那里生活着什么，我总能准确地回想起来。有的团缩在树上，有的刨土挖坑在地上翻来蹭去，还有的窝埋在碎木花里，只露出两只小眼睛。

但此刻他们已不在。所以我可以随心所欲地去追忆那些已然不在的东西。

动物乐园对面就是哺乳间。涂成粉红的四方形混凝土建筑上，画着一个硕大的奶瓶标记，即便隔开很远也能清晰地辨识出那是作何用处的场所。我一次都不曾踏入。因为工作需要，万一出现必须要踏进哺乳间的局面那可怎么办，我平时总为此提心吊胆。只能祈祷上苍保佑千万不要发生这样的状况。

站在收银台前，不经意地抬起视线直入眼帘的偏就是哺乳间的入口。大门和墙壁一样同为粉色，可爱得就像童话王国里才会出现的东西，让人忍不住想要推门而入。窗上挂着蕾丝纱帘，除了时不时有人影闪过外，看不到里面的样子。

所谓哺乳间，究竟是个什么样的地方？我越想越怕，越怕就越忍不住瞄向那栋粉色的建筑。就为了哺乳这一件事，且只做这一件事的房间。与大多数人无缘，只为那极小一部分被选定的人——母亲和吃奶的孩子而分隔出的一片空间。在那里面，八成贴着婴儿喜欢的飞机、洋娃娃、蛋糕或机器人图案的墙纸，地上铺着软软的地毯，摔了也不会疼。房间正中，最先跃入眼帘的定是一张沙发，不仅坐感舒适宽敞不拘束，而且还配上了倾斜角度恰能让人敞开衣襟倚身而坐的靠垫。虽然房间的每个角落都已彻底消毒，但不少地方还是残留着婴儿吐奶的污物渗留下的顽渍。想尽办法都消不去的乳臭时刻笼覆着四周，其原因也正要归结于此。房间一角说不定还放着一张换尿布用的婴儿床。填饱肚子后，再让妈妈帮忙把小屁股整个收拾干净。对婴儿来说这两者总是连带在一起的。其他还需要些什么呢？洗面池、装热水的电热水壶、洗奶瓶用的海绵擦和清洁剂、厚纸巾、拨浪鼓、儿童绘本，这以外就想不出了。总之在那里小婴儿们尽兴地吮吸着乳汁。他们把乳头或奶瓶嘴满满地含进嘴里，拼命伸缩脖颈上的肌肉，试图吞饮下极尽可能的分量。一只小手还会搭在乳房上。万一出现妈妈试图离去的情况，为能及时制止，手掌就抵在乳房最鼓胀的地方。不知是没吃饱还是想睡了，有个孩子哭闹不止。还有个小孩在婴儿床上手舞足蹈，另一个则把下巴搁在母亲肩上，让妈妈帮忙拍背。没多久便嗝的一声打出个饱嗝。这时不知从哪里远远传来几声动物的吠叫。

又一对母子走进了哺乳间。妈妈怀里用背带系着一个刚满半岁的婴儿，肩上背一只大大的布袋，年纪还很轻。片刻后又出现了母子三个人，一个坐在婴儿车上，另一个步履蹒跚的小姑娘被牵在手里。不管是在收银机前结账，还是在捆包礼品，哺乳间门口一有人现身我就会立刻感知到，并在视野边缘迅速锁定那位母亲，清点婴儿人数。孩子是抱着还是背着？婴儿车里的究竟是小孩还是物品？然后喂完奶，走出来的母亲是不是领着跟进去时相同人数的孩子？我都要一一确认。

搞不好这个人，把一个小孩，落在了哺乳间也说不定。翻涌上心头的疑虑打消不去，我逐一清点着进出的人数。

"一个，两个，三个……"

然而母亲们每一次都带着人数无误的孩子。她们从不犯错。

当拉脱维亚和芝加哥开始移步睡房，闭园的音乐流淌在耳畔，园里的照明开始熄灭时，为防疏漏我再次把目光投向哺乳间，竖起耳朵辨听是否有遗落的婴儿在嘤嘤啜泣。只要传来哪怕极微弱的抽泣，那便是召唤我第一次踏进哺乳间的信号。我时刻做好了准备。

但哺乳间寂然无声。沙发、婴儿床和电热水壶里空无一物，只有婴儿吐奶的印渍又添了一处。蕾丝纱帘的另一边被黑暗填埋得满满当当。

"cheetah。"我轻声自语。

"要观察上年纪的动物，动物园是最理想的地方，"青年饲养员说，"因为在野生的环境里，动物一上年纪就活不了多久了。"

"有道理。"

我不由自主地点头赞同。应该只活过我一半年岁的他，为什么能跟我谈论如此富有深意的话题呢？我觉得很不可思议。就在二十年前，他也不过就是个吮吸母乳的婴儿，可如今，却已通晓他母亲都不曾了解的东西。

"猎豹也是这样吗？"

"嗯，当然。"

"是腿脚不行了吗？"

"不管是猎豹那样厉害的腿，还是河马那样的小短腿，一旦折了就只有死路一条。"

"嗯。"

"在自然界里是生存不下去的。"

这时就好像听到我们的对话，要证明自己身强体健一般，猎豹站起身朝这边走来。她在青年面前止步，目光却不与他交接，直接转身走回岩石那里后再度折返。她以同样的步数、同样的速度、同样的角度，一遍遍重复着这一连串动作。

"是在催我喂吃的了。"

青年笑起来。那微笑似在无声地安抚：别担心，不会忘记你的。

"那好,下次再聊。打搅你工作真不好意思。"

青年一边对我露出同样的笑容,一边朝饲料间跑去。为什么要道歉呢?根本没必要道歉。其实我内心一直在渴盼,假如能永远这样跟你在一起,就聊猎豹的话题那该有多好……

青年远去后,猎豹不再徘徊,重又回到了岩石间的老位置上。

动物园里看起来最上年纪的就是河马。每次从水池上岸动作总显得极度不耐烦,即便浑身湿透都无法掩盖那身皮肤松弛无弹性的事实,牙齿全都变了色。青年说的"一旦折了就只有死路一条"小短腿更是靠不住,看那样子,想要随心所欲地挪动恐怕都很困难。进食的时候更是磨蹭得吓人,很耗时间,嘴角边总有好几道唾液垂挂成线。

每次看到河马露出眼鼻,轻飘飘浮在水面上的身影,我总会产生这样的错觉:该不会死了吧?河马会怎么死呢?我毫无概念。如此庞大的身躯,一口气怕是死不掉吧?难不成就像这样浮在水池里,从尾巴尖,到屁股边缘,再到腹部松垂的皮肤,由那些部位开始寸寸推进,耗上几天几夜慢慢咽下最后一口气?当死亡一路传抵至耳际的时候,他才终于醒悟到此身已死。

水很浊。那躯壳仿佛正从死去的地方一点点溶解似的轮廓模糊不清,连腿脚长在哪个部位都看不真切,只剩下一大块松松软软的黑褐色团块。让人觉得只要手指一戳就能开出个洞，从里面噗嗤一声漏出些什么，然后就那样瘪下去。

最终河马创下了动物园饲养动物的世界最长寿记录。园里特意举办了登录吉尼斯的庆祝仪式，在装点着银色饰带和纸巾绢花的河马池的围栏前，有个幼儿园小朋友朗诵了一篇向河马道贺的作文。是个戴贝雷帽很好看的小男孩，滑嫩嫩的脸颊和膝盖煞是可爱。"好厉害啊！从头到尾一次都没有念错。不光表现得落落大方，而且最重要的是读得很有感情，太棒了！大家都赞不绝口，还有人眼睛里闪着泪光。河马一定也很开心……"就在我穿过围观的人群凝望着那个男孩，以不成声的声音对他默默寄语时，人们给河马送上了一个用豆渣、干草和苹果做成的喜庆蛋糕。不过河马食未过半，剩余的都被踢得稀烂还沾满了口水。河马脑袋埋进蛋糕的照片，被报纸小小地报道了一番。

就在庆祝仪式的十天后，河马死了。饲养员发现其漂在水池里断了气。那死法跟我设想的并没有太多不同。

又到了 h 的生日。h 该有几岁了呢？若真想算自有数不清的办法。用离别时的年纪加上离别后经过的年数，用今年的年份减去 h 出生的年份，或者用我今年的岁数减去生下 h 时的岁数。然而每当自己忍不住要进行这样的计算时，我就会当即闭上眼揪扯着头发把那些数字从脑袋里赶走。我告诉自己，自己已经痴呆，既不会加也不会减。

下班后，我像往常一样去了冰淇淋店。早就定下规矩唯有生日这天可以买一个大球。那一天依照顺序，该轮到香草。

"要是抓捕演习挑中猎豹，会是你来扮演吗？"我问。
"不知道啊，会让我演吗？"青年很没把握地回答。
"最了解动物习性的，到底还是饲养员吧。"

青年低下头，用长靴的鞋尖踢打地面。他眼周落下一片阴影，有那么一瞬仿佛现出了两道泪线。

"要真是挑中猎豹，那套玩偶服还得重新染色呢。"
"不过明年，已经决定是球蟒了。"
"要抓蛇啊？"
"是的。所以也不需要玩偶服。到时用蛇的模型就可以了。"
"哦，这样啊。"

那之后我俩沉默了片刻。我试着回想球蟒有多长，长什么样子，却追忆不起。

"下个月开始，我就要换去照顾别的动物了，"青年说，"这次是南美貘。"

我连一声"什么"都没能反问，所有言辞都卡在了喉咙口。

"得跟猎豹说再见了。"

南美貘，我在心里默念了一遍，那样貌比球蟒更加虚渺不定，就跟看似已死的河马一样模糊。

"那我先走了，下次就在南美貘那里见吧。"

青年神采奕奕地走了。我望着他的背影，直到那双蓝色长靴完全看不见为止。我一边目送他远去一边连声复诵南美貘南美貘。

在一个极少见的冷到雪花零星飘落的冬日黎明，因为肠道感染而住进医护楼的猎豹死了。我冲上冻了一层冰的斜坡跑向猛禽区。空空的笼舍前，挂着"不日亮相"的木牌。那牌子在北风的呼啸中抖得咔嗒作响。我竭尽心力苦苦寻觅着，h藏去了哪里。哪里都已不再有h的身影。

禁食的蜗牛

要爬上那段通往风车的木梯，得下一番决心。因为梯子特别陡，踏板间隔大小不一，边角还有磨损，很容易滑脚，稍有不慎当即就会踩空。有的人好不容易来到木梯旁，只是从下往上看一眼便吓得打了退堂鼓。还有不少人爬到一半四肢僵硬，进退两难。

这木梯就跟风车一样老，吸附着无数人的手垢和鞋底的泥灰黑亮亮的，随处可见虫蛀的痕迹，只要把身体的重心挪移那么一点点，就会嘎吱嘎吱地发出一阵类似呻吟的响动。随着自己一级一级地远离地面，下一步必然会失足的预感渐渐升腾而起。脚底一滑，两手还来不及在空中虚抓一把，我就已坠落下去。发丝逆舞，裙摆翻飞，内裤什么的全都一览无遗。不行，再也坚持不住了。就在我几乎脱口喊出这句话时，头顶上伸下一只手来，是风车值守员的手。他为人刻板，既没有犒劳的话语也没有机智的玩笑。但毫无疑问，那只手正是为了将我从危险的半空中拯救而出。

"有劳了。"

我仰起头看着面前这个男人，上气不接下气地道了谢。男人无意与我目光交接，低伏着脸，那脸隐在昏暗中看不真切。但是只要一握住那只手，真实而切肤的感触便会随心跳一起奔涌而来。这男人究竟施展了什么魔法？就那么一瞬，方才那般悬空危惧的身体，此刻竟不费吹灰之力就被拉进了风车里。

风车值守员的手总是很潮湿。就因为这样，感觉摸到的不是手，而是某个隐匿在身体更深处的湿漉漉的角落。自己之所以像这样喘不过气来原因不在梯子，而在于要见这个男人，这一刻我才终于意识到这一点。

风车坐落在小镇北缘，紧靠运河连绵成片的山坡坡顶。四周披覆着清一色的绿草，排排杨树延绵不绝，水鸟们东一群西一片地聚在水边鸣唱。自行车在散步道上穿行，一对对恋人在长椅上依偎，运河里可以看到游览船或土石运输船溯流而上。

过去用来把小麦磨成粉的风车早已结束了使命，如今向游客开放允许进入内部观览。但问题是，这小镇没有什么名胜古迹，只是个平凡无奇的地方，再加上梯子过陡的问题，游客其实并不多。即便是气候最佳的初夏的周日，一天也就那么十五六个人左右。寒风凛冽的十一月到三月末则都闭门谢客。

男人家里祖祖辈辈都是风车值守员。许多年来配合风向张挂风帆，调整齿轮，把小麦磨成细粉。现如今，男人就住在风车里。

伸手把游客拉上梯子，收取参观费，再递上宣传册，这便是他的工作。

这是一架在铁皮上盖起水蓝色屋顶的柱状风车，远远望去，就像一座孤零零被人遗弃的哨塔。那塔在大家都已遗忘其存在的意义之后，依然驻守在原处，专心致志地凝望着遥远的某个地方。唯独一点，背上背负的那张X形叶片，始终在证明那确确实实是一架风车。虽然已不再转动，但那叶片巍然屹立，气宇轩昂地直插天宇。

我登上山坡，站在梯脚抬首仰望，才知这风车是何等庞大。柱腿稳稳地扎入地面，叶片以气势磅礴的长度统领四野。那男人所处的位置就在我遥遥头顶的上方。可即便我极目凝望也捕寻不到他的身影。

在我心里，实在无法想象这竟会是一处承风回转的地方。就为了碾碎那些小小的麦粒，何至于需要如此巨大的装置呢？其实暗地里风车背负着远比磨麦子更为重大的秘密使命，就像背负那些叶片一样，不是吗？而知道这个秘密的只有一人，风车值守员。我有时会冒出这样的念头。

不过不管怎么说这里毕竟建了架风车，自然会刮起强风。从运河的另一边，从遥远大海送来的咸湿气息的风滑过水面，摇动着杨树枝撞在山坡的斜面上，然后往上再往上一路攀山而来。只可惜即便如此，齿轮被生锈五金部件固定住的叶片依然纹丝不动。无处可去的风只能徒劳地翻卷而过,一个劲地吹乱我的发丝和裙摆。

男人在风车里养了一群蜗牛。这些蜗牛都是他在似要飘雨的清晨趁四下无人时,从长椅椅背或水鸟饲料箱箱底寻捕而来的,并不是什么珍稀品种。蜗牛雌雄同体,只要捕到两只就可以很方便地产卵,无止境地繁殖下去。他把蜗牛装在长一米二、宽四十厘米左右的热带鱼鱼缸里,放在紧挨沙发兼卧床的地方,跟他一起生活。

风车内部共分三层,木梯口通入中层的房间。房里除了陈列介绍风车构造的讲解板和过去磨小麦时实拍的照片外,还摆放着麻袋、木槌、双筒望远镜和过时的地图等好些物件,也未标明是展品还是过往留下的残迹。在房间深处的角落,放着一张小木桌和一架磨损的沙发兼卧床,那片极有限的空间就是他的居所。因为房间本就昏暗,而且杂乱,所以几乎没有游客注意到值守员就住在这里,还是跟一群蜗牛同居一室。就连那个在男人所有的家当里最有分量的鱼缸,都隐匿在展品的阴影下。蜗牛们不曾打扰任何人,安分守己地趴伏在潮湿的泥土上。

风车里上层和下层以螺旋扶梯相连,虽然不及木梯那么危险,但窄得连一个人都不知能不能挤过。上层是机械房,大大小小好几个齿轮复杂地嵌合在一起,从那里伸出一根柱子直通到下层的房间转动石臼。直到现在石臼上都还零星黏附着好些小麦的外皮。

和从外侧仰望的感觉相比，风车内部小巧得不可思议。那份气势迫人、让人头晕目眩的庞大究竟去了哪里？直叫人忍不住四下寻望。游客要是一次进来四个人恐怕就会感到局促，所以每个人都生怕撞上齿轮、石臼、柱子或别的什么东西，缩着身子缓步而行，默不作声地从风车值守员和我面前一一走过。

"真是懂礼貌守规矩啊。"

我挨着男人坐在沙发兼卧床上，看着鱼缸里的情景感慨说。竖切成片的薄薄的黄瓜在鱼缸中央排成一列，在那两侧蜗牛们正保持着互不干扰的最小间隔，密密麻麻地列队进食。无论是何等严苛的修道院食堂，恐怕都不可能看到行动如此高度一致的进餐景象。黄瓜得放上多少片，才能保证无蜗牛余出在外，同时又不会形成无谓的间隙，以恰到好处的状态容下整个队列，难道这些男人都能计算出来？想必一定是这样。对于自己的蜗牛，男人无所不知。

"都快叫我看入迷了呢。"

为免吓到他们，我把手指轻轻搭在鱼缸边缘。男人没有接话。

到底一共有多少只呢？因为都如量尺的刻度般规整地排列在一起，若有心数应该也不难，可真要伸出手指一只、两只清点的时候，却不知为何点到一半，竟会心生恐惧害怕知道最后的数字。

"能这样安安静静地吃东西，想必内心也一定无比安宁吧。"

我缩回食指，弯下腰把脸凑近鱼缸。这一动盖在膝头的毛毯滑了下去。男人拾起毛毯，重新裹住了我的脚。

蜗牛们都很专心。触角下方那片像嘴的地方吸啜在黄瓜边缘，从壳里探出的肚皮紧贴地面，一心一意只专注于吃这件事。两两间的间隔自不必说，从头部的长短到螺纹旋转的方向，无不整齐划一。没有一只心血来潮突然开始挪移，或是故意骚扰邻伴破坏秩序。只有那一根根触角为探测其与黄瓜之间的距离不得不小幅伸缩，但就连这个动作都颇为克制，绝然不曾乱哄哄地扰乱鱼缸里的氛围。

螺壳的颜色都一样朴实无华，是一种形容不出的黯淡的枯叶色，上面的纹理也不甚清晰。但壳本身非常洁净，就算在这湿气较重的鱼缸里也丝毫不显黏腻，同时兼具半透明的轻薄和足以守护软体的强固，泛着一层高贵的光泽。然而最让人无法移开目光的，就是那一圈圈怎么看都像是某个看不见的人手工卷出来的、可爱的螺纹。每次坐在鱼缸前，都会萌生出一股冲动想要把他们轻轻捏到手里，用指尖描摹那圈圈螺纹，想要赞颂这简单却又需要无限耐心的、不知是谁完成的手工活。

然而风车值守员一定不希望他们的螺壳因为我的手垢而变得污浊。若是放任不管，我定会把他们举到光下试图窥看壳里的东西，搞不好这样还不够，甚至会把蜗牛的身体从壳里拉出来。他肯定已经预知到了这一切，所以我一直在忍耐。

一个又一个，游客们下梯而去，风车里只剩下男人和我两个人。那些游客既没有说"再见"，也不曾回头看一眼值守员，所有人的心思都已被接下去要走下梯子这件事勾走。因为一旦面临要归去的境地，他们才会意识到这木梯下去远比上来更难。对于即将下梯归去的人，男人即便伸出手也毫无意义。

游客们握着扶手，四肢僵硬地一级一级踏梯而去的脚步声，一直传到我们身边。梯板被踩得嘎吱作响，把梯子固定在地上的金属部件，也不时发出声声嘶鸣。傍晚将近，风更强了。杨树枝飘摇乱舞，运河的水面上泛起了波澜。叶片不再旋动的风车在风的旋涡里，自始至终矗立不动。不知是屋顶的梁木，还是地基的接缝，总有某个地方发出阵阵咯吱咯吱的声音。也许是我的错觉，常感到房间在摇晃，又或许是沙发兼卧床那晃晃悠悠的弹簧所致。一如刚才，蜗牛们这会儿依然在啃食黄瓜。

"时间不早，我得告辞了，"我说，"回康疗院的班车，就快到点了。"

我翻起衬衣袖口，视线落在手表上。

"万一没赶上这趟车，就会错过门禁时间。镇上的出租车司机，没有人愿意载康疗院的病人。"

虽都是早已熟知的事，但我还是特意说明了一下缘由，把临时用来盖腿的毛毯叠好归还给男人。

"其实我也舍不得走……"

我说着站起身，最后看了一眼鱼缸，这才注意到黄瓜都已消失不见。方才分明还在鱼缸中央排成一列的薄片此刻已踪迹全无，连微小的残片都没剩下。蜗牛们已经解散了队列，有的对着枯叶的下方，有的对着木片的缝隙，各自朝自己喜欢的方向爬动起来。

"哟，什么时候竟……"

我不禁脱口惊叹。黄瓜是蜗牛吃掉的，我自然明白这一点。但在那井然有序的静默所主导的行为里，竟蕴藏着足以扫灭如此多片黄瓜的能量。我对此仍有些难以置信。

男人取过喷雾器，一边"咻、咻、咻"地发出极富韵律的声音，一边往鱼缸里喷洒水雾。泥土眼看着变了色，螺壳弹溅起水珠更显光润。水雾刚洒落时，蜗牛们有那么一瞬都缩回了触角，但没多久便又若无其事地伸出来把顶端的眼珠高举向半空。难道是因为那些黄瓜，螺壳内侧看上去似乎微微透着淡淡的水蓝。

"那么，你多保重。"

代之以道别的话语，风车值守员再次"咻、咻、咻"地喷起了水雾。

禁食康疗院坐落在小镇西北广袤延伸的森林公园里。园内常有野餐、骑车或骑马游玩的人，很是热闹，但在那座从运河引水的蓄水池隔断开的公园深处，半露半隐在榉树林间的康疗院所处的地方却人迹罕至，冷冷清清。这跟那栋建筑原是战时建造的化学品仓库有没有关系呢？就好像在昭告这里至今还存放着什么可疑药品似的，无事要办的人极少靠近。

正因为曾是化学品仓库，混凝土结构的楼房强固单调，别说什么装饰，就连阳台、露台或招牌都看不到，只消踏入一步便觉寒气逼人。一楼有办公室、茶话间、体操房、浴场、图书室等，围中庭而建的二楼则排列着一间间病房。所谓禁食康疗院，就是通过禁食疗法改善体质、治病愈疾的机构。我住进这里已有大约五个月，如今早已是老病号。

院里的病人真是五花八门：青年、老妇、美女、少年、未断奶的婴孩、寡妇、混血儿、神职人员；糖尿病的、关节炎的、脓疮的、精神分裂的、胆结石的、斜视的、扁桃腺肥大的。

除去禁食，不外乎就是建议多休养多晒日光浴，并不提供其他特殊的疗法。说到底就是持续不断地禁戒食物。病人们白天或在公园散步，或去蓄水池钓鱼，或埋头制作手工，自己支配自由活动的时间。进了这家康疗院后我才发现，只要坚持贯彻"不吃东西"这一点，生活就可以毫不费力地归结到一种极为单纯的状态。烦心琐碎的东西被排除在外，身心得到梳理，仿佛眼前豁然开朗，可以感觉到氧气充溢身体的每一个角落。不过就是省却了三餐饭食，时间的流动竟会变得从容而悠缓。关于自己过去吃过些什么，我差不多已开始遗忘。假如能像那些蜗牛一样，用神圣的静谧掌控每一餐饮食，倒也可以考虑重新坐回餐桌前，但我实在不敢保证自己能像他们那般行事。

康疗院必须遵守的最重要的规矩就是门禁。傍晚六点，大门便会上锁。无论去往何处，都一定要在那之前返回。像从化学品仓库时代沿用至今的那把锁分外沉重，被粗大的铁链层层捆绕在铁门上，一旦锁紧实在不可能轻易打开。那锈迹斑斑粗糙不平的铁的质感，似乎正喻示着打破门禁是何等重大的罪责。倘若不守门禁被关在了门外，事情将变得无可挽回不堪设想。康疗院里流传着各种过去破坏门禁之人的传言。病人们常聚在茶话间的一角或某个人的病房，七嘴八舌地谈论着关于这些传言的捕风捉影的话题。但那不堪设想的真面目究竟为何，其实无人知晓。

刚来到康疗院的那阵，到底还是有些无聊。就算去到镇上也没有好玩的地方，我对跟其他病患聊天又提不起多大兴趣，于是只能在公园里漫无止境地晃荡。所以进入四月后当我发现那架风车时，整颗心都雀跃了起来。每星期有三天我会搭上班车，去见风车值守员。很快我就熟悉了讲解板上的内容，对风车的历史、职能、构造乃至文物价值都可以复诵如流。没多久跟那男人也熟络起来，终于让对方允许我坐到那张沙发兼卧床上，最后更是被授予了看蜗牛的特权。不过我可不会自我陶醉到以为只有自己是游客中的特例。不用说我也只是数不清的无名游客中的一个，只是男人不问我收参观费而已。

从风车那里归来，大门"哐啷当"上锁的声音回荡四周。夜幕降临，那之后我基本都在图书室度过。说是图书室，可康疗院这间不过就是过去收放剧毒药品的小房间在陈列架上排了些书而已，简单至极。房门上挂着块"缺页图书室"的门牌。正如其名，这是一间只收缺页书的图书室。

幸好这里不像茶话间和体操房那么受欢迎，平时不太有病人过来，所以我可以尽情独占这一方空间。室内天花板很高，没有窗户，书架上还留有写着剧毒药品名称的标签，半贴半落。要是深吸一口气，就会有一股无法形容的气味钻进肺叶深处。让人不禁怀疑，地板上东一摊西一片的印渍里，莫非至今都有药物在不断挥发出来？

评传、史书、言情小说、神话、入门指南、诗集……我依着当天的心情取过映入眼中的一册。因为有的是时间，把所有的书通读一遍恐怕还有富余，所以没必要拘泥于喜好挑肥拣瘦。更何况读缺页书的乐趣，其实并不在于内容，恰恰就在那缺失不见的页面上。我缓了缓呼吸，一页一页仔细扫过去。大概就因为这些书原本就是无用武之地的次品，不管哪本都留下了被人粗暴对待的痕迹，略显脏污，残旧落魄。书里铺展着一个又一个我闻所未闻的光怪陆离的世界。有儿子因为跟继母通奸而内心煎熬疯癫至死，也有法学家悉心指导立定遗嘱的方法，还有少女失恋，青年痛心，臣子背弃君主。我则伴在他们身旁，时而凝神聚目；时而点头赞同；时而又扼腕叹息。

突然，意外不期而至。没有预兆。就像从风车的木梯上失足滑落一般，我在缺页的空白里沉沉下坠。发丝乱舞，裙摆翻飞而起。

保险起见回翻书页，逐字逐句审慎地研读确认，看是否只是自己误读。然而无论复看多少遍都是一样。那里确实横亘着一道不管用什么方法都无法掩饰、不管怎么挣扎也都无可逆反的深深的裂隙。在那深远的底部，就我一人横卧在地。

除我以外再无他人。那里没有景物，没有让人眷念的回忆，连风都吹不进来。就算我高声呼救，那呼声也一定去无所终。

即便没有窗，我也能感觉到在图书室外夜色正随时间一刻刻变深。荧光灯虚弱无力地照在我手边，书架间早有暗影扩散，书脊和药品标签上的文字此刻已没入黑暗。我竖起了耳朵。哪怕是蜗牛爬过般的响动也好，能不能听到些什么呢？我把耳朵抵在那道裂隙上，屏住呼吸。在一长段时间静止不动后，我把自己丢在那缺页的空白里，合上了书。

"你可不可以不要胡来?"我对打杂的女人说,"这房间里的每一样东西、一张便笺、一支发夹,都不允许随便乱碰!"

女人包揽着康疗院的各种杂务,每天上午十点负责清扫我的病房。

"嗯,不好意思。"也没显露出多少反省之意,女人阴着脸俯首作答。

她穿一件洗太多次业已发硬的工作衫,系一条肮脏不堪的旧围裙,是个毛手毛脚不会做事的女人。不管是擦房间还是换床单,总觉得只要这女人伸手碰过,别说变干净反而会越发显得有些脏污。

"缺页图书室的书,是谁随随便便打乱的?除你以外没有别人了吧。"

不知是点头还是摇头,女人在胸前紧紧握住拖把柄,只发出一阵低低的"嗯"声。她油腻腻的刘海垂落下来,遮去了半边侧脸。

"就因为你打扫的方式太粗野,才会变成这样。什么书按什么顺序排在那里,我脑子里全都记得一清二楚。你休想瞒骗过我!"

"嗯……"

还是和刚才一样,女人闭口不言。她虽然没有住院,却比正在禁食的病人还要瘦削,工作衫宽宽落落的。走廊里,传来病患们即将出动的窸窸窣窣的声音。屋外夜半那场雨已经下了,榉树的枝梢间透下一道道恍如夏日的光亮。想必地面的湿度一定到了蜗牛们喜闻乐见的恰到好处的程度。

"记得擦一擦洗脸池的排水口,都已经被痰堵住了。"

我将去风车的车费塞进手袋内袋,在擦身而过的瞬间,给女人留下这句话走出了病房。女人有没有应答,我没听清。

这天,蜗牛卵孵化了。第一次注意到土里产有似要过百的乳白色卵点,已是一个月前的事。那之后我们把卵移入跟父母分开的另一只鱼缸,耐心等待这一刻的降临。

"这时机算得太精准了不是吗?简直就像在特意等我来一样。"

我抑制不住内心的激动,但风车值守员跟平常一样安静沉稳地守望着鱼缸。可不能吵吵闹闹地惊扰到他们孵化,我赶紧闭上嘴。

也不知是什么人从何处发出了指令,有一只最先开始蠢蠢欲动后,不消片刻那动静便传向每一只卵点,势不可挡。一只接一只小宝宝从卵壳中,骨碌一下蹦出来。虽然都只有水滴般大,却已具备蜗牛的形态。有外壳有螺纹,软体部分透着适度的湿润。一对触角也都能自力更生地收放自如。

"哇哦,真是可爱啊!"我一下没忍住赞出了口。

那外壳确然带着初降世间的通透,仿佛用指尖轻轻一捏便会轻易摧折,让人有些害怕,但得益于那份不沾染丝毫污浊的圣洁,看上去似乎又暗藏着一股强韧。

他们当即便爬动起来，腹部拼命蠕动，自信得就像在说，我早有定好的方向和目的，所以别挡道。只不过到底掩藏不住那份生疏和稚嫩。有的在极不起眼的小土块前手足无措，有的则掉进土坑失去了平衡。在这期间依然陆续不断地有卵孵化，没多久泥土表面就几乎被全数覆没。数不清看不尽的螺纹，在我和风车值守员的面前缓缓蠕动。

亲眼看着每一颗卵全部孵化后，男人取过像事先备好的卷心菜叶放进了鱼缸。刚开始，似乎并不明白发生了什么，他们一度陷入混乱。

"快看，大家都慌慌张张的。"

不自觉地我的嘴角浮起一丝微笑。男人在沙发兼卧床上挪了挪，坐得更深，两手相握搁放在膝头。现在已经入夏，不再需要毛毯。刚才拉我上来的那只手，果然还是跟软体部分一样潮湿。若是按一按掌中隆起的地方，还能感受到让手指意外陷落的柔软。

在相邻的鱼缸里，父母们生活得优哉游哉，全然不曾留意到自己产下的卵有何变化。有的拖着一道黏液攀上了鱼缸壁，有的则窝在木片下一动不动。假如在木梯以外的地方握住男人的手，他会不会允许呢？我在心里默默念叨。我从鱼缸移开视线，望向敞露的木梯口。那里流淌着一条运河，延伸着一片牧草地，更远的地方横铺着一片天空。就好像此刻方才醒悟到，自己被留在了一个连想都不敢想的极高的处所,我感到一阵晕眩。

我没有去握男人的手,而是对趴在鱼缸壁上的蜗牛伸出手去,碰了碰触角的顶端。我还来不及感受那微弱的湿气,转眼间触角就缩回了壳里。

大概是与生俱来的秩序发号了施令,不觉间最初的混乱已经收场。小宝宝们围聚到卷心菜前,规规矩矩地守着自己分配到的空间,开始进食。为确认是否有触角微乎其微的余息渗留下来,我趁男人不注意,把指尖轻放到唇边。

"今天可是个特殊的日子。如果可以不用介意班车的时间,太阳落山后也一直待在这里,那该有多好!"

男人没有作答。

宝宝们眼看着一点点长大,事情就发生在他们终于长到跟父母辨不出区别的时候。那天,极少见地有个客人先我一步。那张沙发兼卧床上,坐着在康疗院打杂的女人。她脸上带着在康疗院里从来不曾展露的兴高采烈的表情,一会儿一个劲地倾轧弹簧,一会儿敲敲鱼缸吓唬蜗牛,其间还喋喋不休地跟风车值守员说这说那。她已脱去工作衫和旧围裙,换上了一件混杂着红绿紫三色的招摇的花衬衫。无奈之下,我只能坐到一头的角落里。

沙发兼卧床的枕边,被多得前所未有的蜗牛所占据。好不容易才勉强保留下一片，仅够放一只喷雾器的空间。即便如此，那女人也毫不顾忌，张手张脚地落稳了屁股。

"对了对了，我带点心来了。"

女人从布包里，掏掏摸摸抽出个纸袋。

"在康疗院的厨房凑合着做的，估计味道不会特别好。谁让那地方是家禁食康疗院呢。"

女人说着迅速瞟了我一眼，然后立刻又转回男人那边。这时我才第一次知道，原来这女人也能像这样吐字清晰，连贯成句。

"还是热的哦，都是我现做的。"

确实，闷着热气的纸袋潮潮的，瘫软作一团。

"来，别客气。快吃吧。"

是蜗牛形状的面包。螺纹和触角都做得一般无二，触角上的眼睛则以巧克力片代替。男人听话地接过了面包。

康疗院的厨房里，有做面包用的烤箱之类的东西吗？我试着回想。却连厨房在康疗院的哪片地方都想不起来。

他俩并排坐着吃蜗牛面包。那是只足有手掌般大的蜗牛。外壳表面火候极佳地烤出了一层焦皮，软体部分看上去分外柔韧，相反触角和眼睛则烤得焦脆。两个人像约好了似的，先从壳上拧下了那段软体。许久前开始，每每看到蜗牛我便在心里渴盼着能施行一次的举动，他们竟如此轻松肆意，毫不迟疑地付诸行动。裂口处飘升起些微热气,同时弥漫出小麦甘甜的芳香,是跟风车相合的味道。我几乎不能自已要发出一声"啊"的尖叫,但他俩丝毫不为所动。啃食外壳,撕剥软体,一口接一口塞进嘴里也不喝水便径直吞下。吃东西究竟是什么样的感觉,我已经彻底遗忘。他们咀嚼蜗牛面包的声音,和着风声填满了整座风车。除去看着他俩,我无计可施。

转眼间两个人手里,就只剩下触角和眼睛。正是让人想留到最后,尤为惹人怜爱的部位。

"怎么样?好吃吧!"

女人一边咀嚼着嘴里的东西一边连声追问值守员。

"到底是蜗牛,肯定好吃。"

两个人把触角对半折断,先吃掉根部那半,然后再把特意留下的顶端的小眼睛依依不舍地慢慢送进嘴里。值守员就跟围聚在黄瓜和卷心菜前的蜗牛一样,自始至终静默不语。女人舔了舔粘在指尖的巧克力,故意发出一阵刺耳的声响捏扁了纸袋。剩下的就只有散落在沙发兼卧床上的面包屑,依旧残留在那里。在我们脚边,蜗牛们一刻不停地蠕动着。

傍晚,回到康疗院的病房,我当即查验了洗脸池的排水口。那里被擦得异常干净,几乎光可鉴人。

夏日终结、秋意渐浓的九月末,连着好几天都是雨日。只要一下雨木梯就会变得更容易滑脚，游客越发稀少，不过蜗牛们看上去倒很开心。得益于和风一起从敞露的木梯口涌入的湿气，鱼缸里总是保持着最适宜的状态。

那之后女人也有好几次烤了蜗牛面包带过来。水平渐长，最后终于变得跟真实的蜗牛一模一样，无论是外壳与软体的接合部位，还是两对触角的相对位置，甚至连腹部边缘微妙的波纹都能准确地仿制出来。

"枕套上的脏东西都没有弄掉。你到底在发什么呆？"

"嗯……"

她在病房里做事的样子倒是丁点未变。难道是烤面包时留下的纪念？她围裙上，不时会黏附着些微面粉。

我遣度夜晚的唯一去处仍旧是缺页图书室。我不停翻动着那些书页，一次又一次地坠落进缺页的空白。

有一天，下着小雨，为了去风车我匆忙穿过森林公园的小路时，在蓄水池边看到一只蜗牛。仅一眼，我便知道这应该是一只恐怕连风车值守员都不曾饲养过的极为特殊的蜗牛。那触角有普通蜗牛的好几倍粗，还带着艳丽的七彩条纹。在被雨露润湿的草丛的阴影里，那条纹一圈圈回旋，好似万花筒般五彩斑斓。

我情不自禁地停下脚步，蹲在地上。鉴于那奇异的色彩和旋动已经映入眼中，自然不可能视而不见地走开去。除了那触角，并没有发现其他与众不同的地方，就外壳的形状来看应该跟风车鱼缸里的那些同为一族。

"你到底出了什么事？"

我用手轻轻捏起他。他一惊，想要挣脱，条纹旋转得愈发猛烈，粗壮的触角像要撑破似的左摇右摆。凑近看条纹颜色之鲜艳更是让人眼前一亮，简直可以用神圣来形容。里面有柠檬黄有青绿也有紫罗兰，和着那旋转还会出现嫩绿、钴蓝和暗红。也顾不上会被雨淋湿，我把他放在掌心，久久看入了迷。

我用手帕包起蜗牛，一边注意不要碰碎外壳一边收进裙子口袋。袋里藏着一只蜗牛，而且还是只非常特别的蜗牛，让爬木梯更是成了从未有过的艰难挑战。每上一级都得用手摸摸口袋处的隆起，确认他是否逃匿，或是被压碎。

"有劳了。"

我比平时更用力地握住了风车值守员的手。

"这雨下得可真勤。"

我尽可能缩起肩，为免自己像那女人那样踢到鱼缸，我把两脚用力收进了沙发兼卧床的下面。

"再没多久冬天就要来了呢。"

在值守员面前，我只会说些理所当然的事。

"但愿蜗牛们都能平平安安地度过这个冬天。"

这时，虽是雨天却来了三名游客。为把他们从梯子上拉进风车并收取参观费，值守员站了起来。趁此间隙，我从口袋里掏出那件东西，放到鱼缸正中混入其间。我原本还担心在来的路上万一变回了普通的蜗牛那可多扫兴，还好一切如旧。触角依然是七彩的条纹状。

男人一定会注意到我带来的礼物吧。他肯定会张大眼睛赞叹不已。比起蜗牛面包这可有情趣多了，而且很特别。

虽然距离班车的时间还有一会儿，但我等那几个游客上来后便爬下了梯子。

在偏西风的吹拂下低气压终于远离，久违的晴天翩然而至。天上没有一片云彩，运河化作闪耀的光带，木梯在半空中描绘出一道清晰的直线。连水鸟们的鸣唱都从未有过的轻快。在这样的日子里，和值守员一起从风车上远眺窗外一定会格外舒畅吧。那是一个让我萌生出这种念头的早晨。风车值守员喜不喜欢我的礼物呢？我一心惦念着这个问题，朝坡顶走去。

最先注意到情况有异，是在梯顶本应把我拉上木梯的风车值守员的手迟迟未伸过来的时候。过去从没发生过这样的事。莫非是那男人出了什么状况？我顿时一惊。实在无法想象没有了值守员的风车。我急不可待地攀上了最后几级梯板。

157

然而男人就在那里，斜靠在连接齿轮和石臼的柱子上。在他旁边，还有那个打杂的女人。她片刻前分明还在打扫病房，到底是什么时候偷跑过来的？工作衫和围裙都已换下，身上还是那件深得她心的花卉图案的衬衫。两个人都是一副茫茫然束手无策的样子，直愣愣地杵在那里。

抬步，我本想靠近那男人却不得不停下脚。因为在地板上看到了蜗牛。事实上那些蜗牛不只是在我脚边，还在螺旋扶梯上、讲解板表面、顶梁上以及沙发兼卧床上，总之趴伏在四周每个角落。我看了看鱼缸，还有更多想要脱逃的家伙，正把同伴当作垫脚石争先恐后地攀爬在玻璃壁上。

"啊！"

我发出一声短促的尖叫，而那两个人眼中已根本看不到我的身影或者其他什么东西。蜗牛的触角每一只都肿胀得似要撑爆，像苦苦挣扎般翻转着七彩的条纹。那触角就跟我送给男人的那只一模一样。每一只全是如此。

在森林公园第一次看到并置于掌心时所感受到的那份可爱究竟去了哪里？这一刻他们已没有半点可爱可言。一边画着螺旋一边收缩、痛苦扭动的触角妖气森森，看上去苦不堪言。那触角已经粗壮到极限，假如放任不管，说不定什么时候就会噗嗤一声爆裂开来。到那时，恐怕这毒艳的斑斓七彩会飞溅得四壁皆是。

蜗牛们都苦于难以掌控自己的触角。在这触角面前，软体也好外壳也罢，全都形同虚设。从他们逃离舒适的鱼缸、爬上照片边框钻进齿轮缝隙迷失徘徊的样子，就可以感知他们是何等张皇失措。虽然内心还是渴望静静待在鱼缸里，可就因为这触角奇痒难耐搞得他们坐立不安，既收不回去又甩脱不掉，只能一味地惊慌困顿。

等我回过神，一只蜗牛正爬在我的鞋子上。

"快停下！"

我使尽力气将那家伙弹飞出去。那蜗牛撞上墙板滚落下来，外壳撞掉了一块，但他毫不介意，再次挥舞着触角爬动起来。

"都着了寄生虫的道了，"女人说，"专门攻击触角的寄生虫。"

那口气确信无疑。

"蜗牛被异物侵入后会觉得不舒服，然后就会把触角扭得跟青虫似的。因为脑袋被侵占了所以会特别迷恋光。到最后就会被当成青虫，给鸟吃掉。"

冲我一口气说完这些话，女人趴到地上，开始就近抓起手边的蜗牛放回鱼缸。清扫时从未见她动作如此迅敏。我不禁退后一步，鞋底下好几只蜗牛被碾成了碎片。一想到触角里的东西应该迸射了出来，我便惊恐得不敢低头。

显然无论女人如何努力都是徒劳。蜗牛以无可战胜的数量占领了风车。正如女人所言，他们似乎都在朝木梯口射入的光那边、向着光的方向进发。打头阵的几只已开始沿木梯而下。突然，似乎有只海鸥横空而来，连眨眼的工夫都不及便衔着蜗牛飞走了，耳畔只剩下一串拍动翅膀的啪啪声。那一刹那，我全然不明白发生了什么。紧接着又有好几只海鸥飞来。那女人说的都是真的。

风车已经被七彩的触角所淹没。在那正中站着的是风车值守员。男人眼里映出了女人的背影。她的衬衫在他眼睛深处蠕动，把一双眼瞳染成了斑斓的七彩。

"呀，不好了。寄生虫……"

我指着值守员喊出了声，可男人连眼都不眨。女人依然四肢伏地趴在那里捡拾蜗牛。

龙之子幼儿园

　　昨天下了一整日的雨是什么时候停的？上路第四天早上她一觉醒来，便听到聚在窗前的小鸟啁啾的鸣唱。在朝阳从防盗卷帘的缝隙间射入的光芒里，能看到他们玩闹的影子摇曳不止。

　　临睡前，烘在暖气片上的衬衣和裤袜已经全部干透。她起身下床穿上这些，再把枕边的替身玻璃瓶套上脖颈，站到镜子前检查绳结是否松动、玻璃有无擦痕。出行期间，不管什么时候，无论如何都要把此物贴身不离地带在身上，这是她最重要的使命。

　　该吃早饭了，她下楼来到面朝庭院的旅店餐室。可能因为时间尚早，完全没有看到其他住客的身影。食堂里弥漫着咖啡的芳香，正中的圆桌上，裹在餐巾里的还很温热的面包、光艳动人的鲜橙和好几种奶酪，就像此刻方才备上桌一般摆放在那里。她犹豫不决地挑了三四种看上去很好吃的东西装入盘中，拿杯子倒了杯壶里的咖啡，在餐室一角一张阳光明媚的桌子前落了座。然后她从脖颈上取下替身玻璃瓶，放在餐盘前和早餐一起照了相。洗干净的白色桌布映着庭院里射入的阳光，拍到一张很不错的照片。

未经过度修整的庭院弥漫着一派质朴的气息，橄榄树和桉树枝繁叶茂，地上、长椅边、花坛里全都覆裹着一片苍翠。在茂盛草木的深处，有一座看似干涸已久的喷泉。在落叶飘积的喷泉中央怀抱水瓮的天使塑像，全身都已发黑，羽翼边缘有些缺损，像要销声隐迹般俯首低目。环绕庭院的客房每扇窗后都静悄悄的，和刚才一样依然没有住客下来餐室的迹象。假如透过树梢仰望天空，会觉得自己仿佛困在了一只深深的绿色洞穴里。只有小鸟们可以自由往来于绿色的洞底和高远的深空。他们每拍一下翅膀，那场雨留作纪念的水珠便会四溅而下。

她重新把替身玻璃瓶挂到胸前，悠然地品起了早餐。虽然有事先定好的行程，但完全不需要介意火车时间或博物馆何时闭馆而匆忙赶路。她从装着小瓶蜂蜜和果酱的篮子里随手取出一只，正准备打开瓶盖。这时，标签上印的保质期映入眼帘。她不禁停下了手。上面的日期是明年三月三日。这日子是很久以前便已夭折的五岁弟弟的生日。对她来说，这无疑是印证旅途顺遂的好兆头。因为这让她觉得死去的弟弟也确确实实可以拥有一片未来。她把那一小瓶草莓果酱偷偷塞进了口袋。

"好别致的吊坠啊！"提着咖啡壶的旅店老板娘突然冲她搭话。

该不会来追问果酱的事吧？她顿时心头一虚。但老板娘脸上挂着笑容，目光投射向她的胸前。

"哦，您是说这个啊……"她用手摸了摸替身玻璃瓶。

"真是很相称呢。"

"您过奖了。"

"要不要再来一杯？"

"好的，麻烦了。"

静静的餐桌上，一时间飘荡起一阵惬意的倒咖啡的声音。

旅行期间，她早已习惯被那些注意到这只玻璃瓶的萍水相逢的人搭话。公交车上站在身旁的女学生、美术馆售票处的老阿姨、纪念品商店的老板，或是某个擦肩而过的路人……已经有许许多多的人用情难自抑必须要发表些感想的口吻，道出了各式各样的话语。有人赞叹它新颖的设计，也有人担心是不是很容易碰碎。有时，还会有人说自己也想要一个，问可以在哪里买到，这种时候就只能告诉他"很遗憾在店里买不到"。

她吃下最后一片甜橙，喝完咖啡，把餐巾叠好后起身离席。她朝消失在厨房的老板娘道了声"谢谢款待"，但是无人答话。

替身玻璃瓶直径约有五厘米，是一只矮矮胖胖的葫芦状透明玻璃壶，以软木塞为盖，瓶口边缘安装的钢圈扣上穿着一根细皮绳，可以像吊坠那样垂挂在胸前。玻璃和化学实验用的烧杯或烧瓶相同，材质非常坚固。

帮助那些因为种种缘由而无法出行的人，在瓶中装入替代其身的物品，然后代表委托人巡游指定的路线便是她的工作。不管是旅行的目的，还是无法成行的原因，实在多种多样。扫墓、登山、看萤火虫、避暑或避寒、泡温泉治病；忙碌、生病、体衰，抑或其他复杂的事由……她入行后的第一份工作，就是替一位时日无多的老人去他六十四年前携亡妻同游的蜜月地故地重访，玻璃瓶里装的是两个人当年的旧照。统计下来，这种模式最为常见。在人的一生里蜜月旅行竟会有着如此重要的意义，这对不曾经历过的她来说，倒是一个新奇的发现。

其次便是寻访那些据传对身上病魔入侵的某一部位会有奇效的圣灵之地，然后用替代其人的人偶或以烟熏头，或以水湿脚，或在肚子上贴护符。心灵手巧的她，可以用黏土、毛毡，或者委托人选定的其他材料手工制作出一只大小恰能装进玻璃瓶、且又跟委托人颇为神似的小人偶，因而深得器重。眼招人做眼，鼻招人做鼻，只要刻意突出某个极富特征的部位，剩下就用最简单的线条，然后不管病人如何病入膏肓都要做成身强体健、笑容可掬的模样，这便是诀窍。不过即便如此，遗憾的是仍会有不少委托人过世。这种时候多数家人都会把她做的人偶看作是所爱至亲在天堂安享康乐的象征，久久珍藏在侧。

有一次她曾替一个晕车晕船晕得厉害以至于无法搭乘任何交通工具的小学女生，在替身玻璃瓶里装入半规管[①]模型前往游乐场，坐云霄飞车骑旋转木马外加开卡丁车。还有一次，受一位有权有势的政治家所托，带着他的手套造访初恋情人安眠的墓园，而后戴上手套合掌祭拜。

替身玻璃瓶里装些什么全凭委托人的意愿。只要是能装进瓶里的东西一切皆可。婚戒、手帕、假牙、梳子、助听器、钢笔头、口红、记事本。每个委托人，都会拿出一件最能代表其做替身的物品。要是一时半会儿想不出，她就会帮忙制作一只人偶。不可思议的是，无论是什么东西，出行期间都会跟人一样，要么萎靡不振，要么被晒得变色，要么积起一层尘垢。除开非取不可的情况外，她决然不会三番五次从玻璃瓶中拿出里面的东西，而且用手触碰时也都会保持十万分的谨慎，可尽管如此，替身物品上还是会留下与出行时间和距离相符相称的印记。照片边角会翻折而起，假牙表面会愈加泛黄，而人偶则会像保有体温般透出一股湿气。

她收整好行装，背上背包，检查了下有没有东西落下便从旅店出发了。

[①] 脊椎动物内耳中掌管平衡感的器官。

"旅途愉快！"

老板娘在前台柜面后挥了挥手。直到最后，她都在凝望着挂在她胸前的替身玻璃瓶。

这次旅程并没有什么特别刁钻的要求，若要归类的话应该属于相对轻松的那一类。当然作为一名专业人员，不管对什么样的委托她都会尽心竭力。其中最需要费心留神的不用说自然是保管好替身玻璃瓶和瓶里的东西，弄丢或摔碎绝对想都不敢想。虽然是实验器皿用的强化玻璃，但也有人说之所以故意选用这种一碰就坏的容器，正是为了督促旅行的人备加审慎。发给旅行者的替身玻璃瓶仅此一只，绝无后备。不管瓶里的东西再怎么完好无损，只要玻璃瓶出现破损，从那一刻起，旅行的人便被解雇，这就是行规。

她干这行不过就几年的时间，到现在还被当作新手对待。这之前她在一家骨外科医院从事帮厨的工作，快退休时，一个偶然结识的住院病人，给她介绍了这份替人出行的活计。因为这份工作和在厨房打下手未免相去太远，起初她很是彷徨，但一个人独自出行的魅力，无可阻挡地勾住了她的心。她穿着长筒胶靴，在闷热的蒸汽里，或给几百个洋葱剥皮，或用铁铲搅动一大锅西式炖菜的人生，始终和旅行无缘。她虽然年轻时也曾结过一次婚，但没多久便离了，没有家人，生活贫寒。除了自己生活的城市，她对任何一个地方都一无所知。所幸一直以来都是站着干活，她唯独对自己的体力颇有自信。而且不管多少天不回家都不会有人埋怨诉苦。既然这样，退休后的人生就算稍稍冒一下险，也未尝不可。她这样想道。

虽然她本人并未觉察到，但其实比起在厨房做帮厨，她身上更具备替人出行的潜质。她不只是能准确依循委托人指定的路线，拍摄约定数量的照片，买齐伴手礼或护身符，还可以非常自然地感知到，那个本应亲临此地但无法成行的人的气息。虽然说起来是替人出行，但她很清楚自身的角色，自己绝不是化身成那个人在旅行，而只是一路陪伴在他身旁而已。出行期间，她常会不自觉地跟替身玻璃瓶说话。

"来，快请看。这风景多美啊，是不是？"

"差不多该吃午饭了。您想吃些什么呢？"

"还剩最后一小段路就能到旅店了。"

也有人看到此情此景浮现出不解的神情，但她毫不介意。对于跟看不见的人交谈，她早已习以为常。难道是因为她常会跟死去的弟弟说话的缘故？

旅行时，她每天都要把替身玻璃瓶擦上好几次。指纹、水滴、灰尘、油脂，一不留神玻璃就会变糊。这时她便会用塞在皮带里的专用擦布仔仔细细地把瓶身擦拭干净，让瓶子尽量保持清透的状态。她这样做并不是因为担心玻璃破损而被解雇，而是为了让这位旅人更清晰地观赏周遭的景色。

告别旅店才走出二十分钟,便已穿过村落的中心区域,周围出现大片无边无际的开阔农田。原以为这片麦地会一直延伸下去,可不知何时就变成了果树园,然后又变回麦穗。接着不经意间一抬头,眼前竟种满了成片的虞美人草,铺满地面的浅紫、粉红和纯白,因为茎秆弱不可依,只要有丝丝微风便会轻摇浅晃,几种颜色交融到一起构成一幅色彩渐变的图景。那图景渗进天空,融化开来,给远处的云彩抹上了淡淡的一笔。她以这片虞美人草为背景,把替身玻璃瓶挂到左手手腕上,再用右手按下了快门。玻璃上映出的花瓣也在轻轻摇曳。

随着太阳越升越高,日光渐渐变强,身上一点点渗出汗来。不过路边的野草还是那么柔润,东一处西一片的小土坑里积起了水,阳光在上面一反射就亮闪闪的,简直晃得人头晕。这条路画着一道悠缓的曲线一直延伸向远方。除了横贯西侧农田的高速公路上有车辆疾驰而去外,哪里都感受不到人的气息,就连那车的声音也因为太过遥远而传不到耳畔。到这会儿差不多也该能看到下一座村庄了,可极目远望还是只有卷裹在雾霭中的天空铺展在眼前,看来可以给她指路的建筑还离得很远。她停下脚步,喝了一口保温杯里的水。

"搞不好,中午前到不了下一个村子了,"她说,"不过不用担心。为了应付这种情况,我事先备好了饼干。"

她啪一声拍了拍背包，继续迈开步子。

不久道路离开农田，通入了一片树林。阳光一被阻断，空气便阴凉起来，可以感到汗水在逐渐退敛。左手边有条小溪穿流在林间，右手边则高耸着一道泛着黑光的沉积岩岩壁。小溪的水分外清澈，溪底的青苔和岸边丛生的凤尾草的碧彩，将其化作一条深绿色的水流。偶尔，也会有小鱼的背鳍像要割裂那片青绿一般翻腾而过。岩壁凹凸不平，高得望不到顶部是什么样子。如果把手按到岩层表面，嵌在岩石间的树根、黏土和死去虫子的残片便会在掌心黏起细密的一层。

"就剩最后一小段路了。"

她的话音围裹起替身玻璃瓶，然后被吸往树林深处。叶缝里漏下的阳光化作好几条光带，斜斜地照在林木间。唯有在那些光带上，不知是小鸟的绒毛还是植物的种子或孢子，能看到一颗颗小点仿如光的粒子漫空而舞。

又走上一阵后，一座在岩壁上形成的洞穴渐渐临近，是古人栖居的洞穴遗址。入口旁有座管理员用的简陋小屋，但不知是去吃饭还是去办别的事情了，里面看不到人影。无奈之下，她只能把门票钱放在售票窗的窗台上默默走进洞去。

"好黑啊。我们看着点走。"

洞里只亮着一盏微弱的灯，内部空间比预想的还小。这洞穴由当地村政府事无巨细地统一进行了打理，既没有找到具有历史意义的壁画，也不曾挖出人类的骸骨，说白了只是一处古老的洞窟。除她以外再没有其他人参观。尽管如此，烟熏火燎的痕迹仍然黑乎乎地留在洞里，岩壁上刻有某种看似记号的图形，告诉人们，过去确确实实曾有人蜗居在这里。

她吸入一口潮湿的空气，轻咳了几声，开始用目光逐一追看刻在岩壁上的图形。这些图形每一个都深深印刻在岩石表面，在经过一段遥遥望不到头的岁月之后，依然安之若素地停留在那里。楔形、新月、染色体、眼瞳、雪花结晶、饼图……这些图形相依相偎，排列组合，构成一个整体。

这会不会是，比方说，指认洞穴所有人的证书之类的东西？或者是庆祝家中得子的祝词？又或者只是信笔涂鸦之作？如果是表露心迹的情诗，那该有多浪漫啊！不觉间她在岩壁前伫立良久。看图形看多了，耳际仿佛传来一阵雕凿岩壁的声音。她陷入一种错觉，感到那声音恍若从替身玻璃瓶中回荡而出，不觉把手伸到胸前。替身玻璃瓶一切如常，带着那份让人舒心的厚重垂荡在那里。

"好了。拍张照吧。"

她举起玻璃瓶，按动快门的瞬间，岩壁表面的图形透过瓶身映现出来。啊，对了，只要让它映到替身玻璃瓶上，不管什么图形，或许都可以通晓其中的涵义。她在脑中一闪念，回过神时闪光灯已然熄灭，照亮洞里的依旧只有那盏微茫的小灯。

走出洞后，她决定在溪边的长椅上休息片刻。是谁在这种地方安设的长椅？椅背上已有藤蔓缠卷，椅脚下密密麻麻长着一片橙红色的蘑菇，不过坐上去的感觉倒还不赖。她正准备要喝保温杯里的水，才注意到水出乎意料地少去很多，于是倍加珍惜地一口一口品咽而下。

把保温杯放回背包的时候，早上在旅店餐室拿的那一小瓶草莓果酱跃入眼中。她伸手拿起瓶子，又一次将视线落到三月三日这个日期上。

上龙之子幼儿园的弟弟聪明伶俐，刚满五岁就早早地认识了很多字，还记下了"1"到"10"这些数字。他尤其显露出极大兴趣的，是和自己生日直接挂钩的数字"3"。最早那次机缘，是他发现幼儿园领到的小零食华夫饼干的保质期，碰巧是三月三日。他为自己的发现激动不已，对那块华夫饼干产生了一种特殊的亲近感，因此没有吃掉而是当成宝贝一直珍藏在身边。虽说只是一小块华夫饼干，但要把零食收着不吃却需要超常的自制力。对弟弟来说，收藏只属于自己的日期的那份满足感显然更多一些。

那之后，不管是跟妈妈一起去超市，还是在厨房帮忙打下手，当然还有吃零食的时候，只要有印着保质期的食物出现在弟弟面前，他必然要检视一番。如果运气好碰上了三月三日，他就会央求妈妈让他把那东西收进自己的宝贝收藏。就算是那些对五岁孩童全无吸引力的食材，比如辣椒、食用红色素，或者干香菇，也无一例外。只要上面印着三月三日这个日期，这一点才是最重要的。

要找到想要的日子颇为困难，历经数月一无所获的情况并不少见。弟弟一股脑翻过罐头底，或是抱着面粉袋，脸上露出失望神情的样子，她一直记忆犹新。

大概是觉得这样的弟弟实在可怜，有一次，爸爸不知从哪儿煞费苦心地搞来两块印着三月三日、而且还很高档的外国原装平板巧克力。爸爸装出一副若无其事的样子，只说是份小礼物，把两块巧克力递到弟弟和她手上。弟弟当即便发现了玄机，喜出望外，来回抚摸着包装纸，还跟爸爸询问那串不常见的英文字母的意思，再闭上眼把那味道深吸进整个胸膛后，收进了专用的藏宝盒。看到这一幕，她若不把自己那份出让给他实在有些说不过去。"谢谢你，姐姐。"弟弟带着发自内心的喜悦对她说。于是在本来装塑料潜艇模型的盒子正中，两块平板巧克力被收放到了最显眼的位置。

在某个日已西斜的秋日傍晚，弟弟会坐到走廊尽头朦胧的阴影里，打开藏宝盒查看里面的东西。他会逐一取出每一件宝贝，从一头翻看到另一头，要是一时大意混进了错误的日子那可不得了。他正是带着这样的审慎检视着每一个三月三日的印记。明年的生日，后年的生日，还有大后年的生日。在查验完所有东西后，他会重新收放回原位，轻轻道一声"再见"再合上盒盖。他那紧贴在地板上的屁股和白嫩嫩的足底，在昏暗的另一头看上去显得格外醒目。

对于藏宝盒里的藏品弟弟究竟有何打算？是不是准备等到生日来临时再吃？大家一直都在翘首以盼。到最后都没有人知道答案。因为在他六岁生日、可以吃那两块外国原装平板巧克力的日子到来前，他便已经死了。

弟弟肩挎龙之子幼儿园的黄书包从滑梯上滑下来时，被挂在扶手上的包带勒住了脖子窒息而亡。她虽然没有亲眼看到那一幕，但有几次替妈妈去幼儿园接弟弟时，他曾自信满满地在滑梯上滑过好几次给她看，所以她对弟弟迎接人生最后一刻的地方很熟悉。从滑梯顶端连至地面的平缓曲线，扶手上好几处浅蓝色油漆剥落后扎手的触感，还有弟弟握在其上的那一双小手，她都可以在脑海中历历在目地唤醒它们。每次一想到弟弟的死，她的心头就会浮现出那只缝在书包上的幼儿园标志——海马[①]贴花。那只海马被遗落在了滑梯的半道上，还没搞清楚发生了什么，只能愕然地悬吊在半空中。

她把那瓶草莓果酱举到树梢间漏过的阳光下。果酱新鲜而纯朴。为避免夹带在别的东西里不慎遗失，她把果酱和旅途行程表一

[①] 在日语里，海马被称为"龙的私生子"，所以龙之子幼儿园的标志是海马。

起塞进了背包外侧的口袋。洞穴入口和刚才一样悄无声息，管理员也不像会回来的样子，满耳都是树林里小鸟们一刻不停的鸣唱。直叫人怀疑摇动枝叶间细碎阳光的并不是风，而是它们的声声啼鸣。

为了让弟弟在天堂里欢度生日，原本装潜艇的藏宝盒也一并封入了棺木。弟弟死去已经过去了好多年，她每每留意到保质期是三月三日，还是会情不自禁地把那东西仔细收藏起来。她不可能想都不想地吃掉，也没办法塞进柜子或送给别人。等到了三月三日，她会吃下那些在这一天到期的东西，然后把包装纸或空罐子什么的收进只属于她自己的藏宝盒。这样做能带给她一丝淡淡的、为弟弟庆生的感觉。

她的藏宝盒，是一只原先用来装厨房用专业橡胶手套的盒子。那盒子最牢靠，大小也正合适。布丁的盛杯、水煮蘑菇的空罐、明胶粉的袋子、奶酪包装纸、汽水瓶盖、咖喱块的外盒……诸如此类的东西一件一件，在那装专业橡胶手套的盒子里日积月累。

被医院录用做帮厨后没几年，她跟一个批发蔬果常来送货的男人结了婚。那男人勤恳善良，不需要人搭理，成天都乐呵呵的，喜欢拆收音机玩。有一次，丈夫偶然发现了她的藏宝盒，问她为什么要把垃圾存在这种地方。虽然她心里很清楚应该给丈夫一个解释，告诉他这里面有一段难以割舍的过往，若是被随便丢掉自己会很难过。但真到了要说明三月三日的意义、弟弟的死因，还有海马什么的时候,那些话就是说不出口。她思前想后犹豫不决,心口越来越堵,结果就像生闷气似的低头不语。

最后丈夫也察觉到似有某种隐情,没有再深究下去,假装那盒子从一开始就不存在。难道是因为不喜欢无关的人插进弟弟和她之间,涉足只属于他俩的秘密?就算那个人是她的丈夫?为了不让丈夫发现,她把这个疑问悄悄压藏了起来。

假如有孩子的话应该就不会分了吧,她曾有好几次想过这个问题。她丈夫很想要孩子,天经地义的念想。但她无论如何都萌生不出这份天经地义的念想。不管有多少个孩子,他们都不会迎来六岁的生日,不会比五岁长得更大,肯定是这样,没错。只要一想到小孩,她就必定会用不成声的声音呐喊出这些话语。那心情就好像她已经失去了一个无可替代的孩子,她的身体也已不可能再怀孕生子。

这段婚姻在四年多的时候走向了终结。丈夫带着他仅拆到一半的收音机和工具,一言未发地离开了家。

差不多该去下一个地方了。她用手掌把塞在皮带里的专用擦布揉成一团让它变得更为柔软,虽然替身玻璃瓶并不太脏,但她还是仔仔细细地擦起来。

"好了,我们上路吧。"

她一边小心避让以免踩到脚边滑溜溜的蘑菇,一边从长椅上站起了身。

穿过树林路渐渐变成朝上的坡道，地面的颜色开始泛白，终于日光也越发明亮。四周已不再有农田、果树园或虞美人草，只有平缓起伏的丘陵舒展在眼前。每次碰到路边有瘦瘦高高的野生的小树投下一片阴影，她就会歇一歇脚喝一口保温杯里的水，最后保温杯终于喝空了。

上到坡顶时，她蓦然感觉到一股水的气息，朝山脚下望去，那里铺展着一方湖泊。据说是一百年前的水利工程挖掘的人工湖，湖底沉着一座村庄。作为凭证，在略略靠北的水面上，竖出一座红砖钟楼两米来高的尖顶。湖上看不到水鸟也没有波澜，浮在水面上的就只有那座钟楼和它倒映在水里的影子。虽然早已不再有人敲钟，可那楼顶至今仍悬挂着一口厚重的铅灰色大钟。就连拉动大钟的粗绳、敞露的拱窗上雕刻的纹饰，还有钟楼守备值班小间的房门都清晰可见。

她站到紧贴边缘的地方朝下看。那水蓝得过于浓厚，虽不浑浊却也看不透内里。聚目凝望间，钟楼倒影的轮廓越发清晰，不久就变得跟实物几乎分不出区别。她实在无法相信在这平静得过分的水面下竟会沉着商店、学校、广场和公寓，而那钟楼就一直连通到水底。感觉更像天上伸下一只手来，让那钟楼的尖顶兀自悬浮在那里。

这钟会发出什么样的声音呢？她思忖着。假如划艘船靠上前，说不定轻而易举就能爬上去敲响那口钟不是吗？即使处在这般丰沛的湖水里，都不见丝毫锈蚀的征兆，想必那钟声一定会威严庄重地响彻四方。只不过那声音传不到自己耳中，只会去往湖底，传向那些沉睡在光亮无法企及的湛蓝深处的人们。

不觉间耳畔已听不到鸟鸣。离下一座村庄还有多远呢？周遭的景物里寻不到任何可以提供线索的东西。背包里那只空空的保温杯，心虚地发出一阵咣啷咣啷的声响。她用衬衫袖口擦了擦汗，让替身玻璃瓶跟钟楼一起合了张影，然后告别了这座湖泊。

翻过丘陵，前方出现一片放牧的草原。在那份只能用"不知不觉"来形容的静谧中，景色一路变换而过。眼前的牧草宛如翠绿丝滑的天鹅绒覆盖着大地。日照与背阴的分界线朝向天际笔直地划分过去。走路时每每抬头远望，都能感觉到那条分界线正一点一点地变换着角度。

她眯缝起眼睛，远远看见一群牛，有七八头的样子，既没有聚作一堆也没有零星分散，而是保持着微妙的距离。有的把头埋进牧草间，有的弯折着腿趴伏在地上。发现牛群只是个开始，那边有绵羊，这边有马，后边还有山羊。一种接一种动物映入她的眼帘。绵羊裹在一大团羊毛里胖得圆圆滚滚，马汗湿的皮肤泛着光芒，山羊不知是不是头上的角发痒，拼命用脑袋刮蹭地面。其间还星星点点混杂着尚未断奶的幼崽。动物们在无言中达成了某种默契，循规蹈矩地固守着各自分到的地盘，没有人肆意喧闹或随处乱跑。虽然他们的叫声、嚼咽牧草的声音，还有足蹄踩踏地面的声息太过遥远传不到这里，但在她目力所及的地方能看到他们的身影，让她感到无比安心。她愿意相信，他们正是她去往下一座村庄的指路标。

"天气真好啊！"

那口气极其自然，以至于她对突然有人搭话并未感到太过惊讶，也不曾奇怪声音的主人究竟是从哪里冒出来的，便应了一声"是呢"。

"幸好雨停了。"

"昨天我被淋得透湿。"

"我也是。"

她知道站在身边的人，并不是什么坏人。因为他脖颈上也挂着一只替身玻璃瓶。这是她第一次在半道上遇见替人出游的同行，只要脖子上挂着这只玻璃瓶，就不会有错。两个人都把目光投射到对方胸前，却又没有出声，只是相互间微微颔首便察知了所有事由。

他那只玻璃瓶里注满了水，海草轻摇里面藏着不知什么东西。

"是活的？"她问。

"对。"他答。

以前她也曾接手过活的东西。没记错的话，是跟委托人十四岁病逝的女儿生前所养死后留作遗物的金鱼，去重访修学旅行的路线。

"活的东西得特别小心呢。"

"是呀，可不能在路上死了。"

"要喂食，还要换水，很麻烦吧？"

"还好。也不是那么麻烦，因为小家伙们都很乖。"

他一边小心翼翼不去施加不必要的惊扰，一边用两手轻柔地围裹住替身玻璃瓶。从他的指缝间，可以看到海草正欣欣然地左摇右摆。那手的动作让人觉得，能把自己的替身之物交托给这样一个人，该会是何等安心。

"离下一个村子还很远吗？"看到那样的手势，心情顿时放松下来，她不禁吐露出了忧心许久的疑虑。

"不会，没多远了。"

莫非他很熟悉这条路？他非常肯定地摇了摇头。

"保温杯里的水都喝光了，所以有点担心。要是刚刚在洞边上的小溪里，顺便灌一点就好了……"

"别担心，"他的神态一如刚才还是那么沉稳，"沿这条路再走一小段路就有一座修道院。可以到那里去要一点水。"

"这样啊，太好了。"她不觉发出一声安心的感慨。

"就剩最后一小段路了。"

迄今为止她不知有多少次曾对着替身玻璃瓶说出过一模一样的话。就剩最后一小段路了。他那语调里，饱含着宽慰某个不在场之人的谅解。她顿时沉浸到一种奇妙的感觉里，仿佛自己成了一只替身玻璃瓶。然后两个人并肩上了路。

他说得没错。就在牛群再往前没几步的地方，出现了一座高墙与丝柏环绕的确像修道院的建筑。不过有好几个地方围墙已经坍塌，柏树或枝枯叶落或有藤蔓缠裹。他没有走大门，而是从坍塌的墙洞处大步流星地迈进院里。她一言不发紧随在他身后。周围听不到任何声音。传入耳中的，只有替身玻璃瓶里水不停晃动的微响。

在那栋窗户窗帘都紧紧闭合、外观简朴的建筑背面，有一处不知道就很容易错过的小小的半圆形敞口，里面装着一台旋转架。敞口边，垂落着一根发黑的绳索。

"来吧。"

在他的鼓励下，她刚一拉绳索，便"当啷、当啷、当啷"地回荡起一阵洪亮得绝对不曾料想到的钟鸣声。被那阵势一吓，她放开绳索，后退了一步，还以为是那湛蓝湖面上的钟楼鸣响了钟声。

"别怕。把杯子放到这里。"

别怕。这也是替身出行的人断然不能忘记的话语。是的，不管什么时候，都不用害怕。

她照他说的，把空空的保温杯放到了旋转架上。这时，周围明明感觉不到有什么人在，却又好像有谁在守望他俩一样。那架子当即便滴溜溜地转起来，保温杯消失不见，片刻的寂静过后又再度回到她面前。杯身上滴淌的澄净水滴，显示里面已装满冰凉的清水。

"这下就放心了。"她松了口气发出一声叹息。

"嗯。"他则在一旁微微含笑。

离开修道院后步伐都变得轻盈起来。牛群早已掠到了身后，天空和树林交界的地方变得模糊不清，她所能看到的只有自己脚踩的大地。离开洞穴，离开湖泊，到底已经走出多远她毫无概念。总觉得在旅店发现那瓶草莓果酱，似乎已是某个遥不可及的早晨，她伸手按了按背包外侧的口袋，那里确实有块果酱瓶大小的东西孤零零地凸在外面。

他紧挨在她身旁。两个人胸前都横着一只替身玻璃瓶，既无擦痕也无雾斑。

"啊，"终于看到替身之物在海草间展露身姿，她抬起手指向玻璃瓶，"是海马啊。"

"嗯，是的。"

"有两只呢。"

"对。"

是那种淡淡的土黄色海马。身体就像用一个个小部件拼合起来的一样,有一种精巧的味道,那感觉从头部一直延伸到前凸的长嘴,充溢着全身。圆滚滚的眼睛睁到了极限,腹部高高隆起不知塞着什么,小背鳍悠悠地翻打着波浪。两只海马非常灵巧地卷起尾尖缠住海草,面朝同一个方向亲昵地紧挨在一起。

那一刻她猛然注意到,从嘴尖到头部的圆弧,还有那腹部的凸起到尾端的曲线,整个轮廓正是"3"的形状。

"是三月三日。"

"没错。"他点点头,仿佛在说我早就知道了。

她屈膝微蹲,把脸凑到替身玻璃瓶前,以便更清楚地观察那两只海马。海马已不再因为被遗落在滑梯的半道上而愕然发呆。他们无所忧惧,安安心心地栖居在替身玻璃瓶里,就像一对姐弟,亲密无间地贴靠在一起。

"太好了!没想到居然能在路上碰到三月三日。"

她拿起自己那只替身玻璃瓶,举到阳光下。那里面,映出了布丁的盛杯、水煮蘑菇的空罐和明胶粉的袋子,还有两只原本装专业橡胶手套和潜艇模型的盒子,再远一点的地方则映着拆散的收音机和工具,然后还有一小瓶草莓果酱,有华夫饼干,有两块平板巧克力。

"那巧克力你还没吃吗?"她问。

"因为我一直在等你啊。"弟弟答。

"这样啊?"

"嗯。"

两个人像海马那样肩并肩,继续迈开步子走起来。替身玻璃瓶就垂挂在胸前,他俩就这样漫无尽头地一起走向了远方。

短经典精选系列

走在蓝色的田野上
〔爱尔兰〕克莱尔·吉根 著 马爱农 译

爱，始于冬季
〔英〕西蒙·范·布伊 著 刘文韵 译

爱情半夜餐
〔法〕米歇尔·图尼埃 著 姚梦颖 译

隐秘的幸福
〔巴西〕克拉丽丝·李斯佩克朵 著 闵雪飞 译

雨后
〔爱尔兰〕威廉·特雷弗 著 管舒宁 译

闯入者
〔日〕安部公房 著 伏怡琳 译

星期天
〔法〕伊莱娜·内米洛夫斯基 著 黄荭 译

二十一个故事
〔英〕格雷厄姆·格林 著 李晨 张颖 译

我们飞
〔瑞士〕彼得·施塔姆 著 苏晓琴 译

时光匆匆老去
〔意〕安东尼奥·塔布齐 著 沈萼梅 译

不中用的狗
〔德〕海因里希·伯尔 著 刁承俊 译

俄罗斯套娃
〔阿根廷〕比奥伊·卡萨雷斯 著 魏然 译

避暑
〔智利〕何塞·多诺索 著 赵德明 译

四先生
〔葡〕贡萨洛·曼努埃尔·塔瓦雷斯 著 金文彭 译

房间里的阿尔及尔女人
〔阿尔及利亚〕阿西娅·吉巴尔 著 黄旭颖 译

拳头
〔意〕彼得罗·格罗西 著 陈英 译

烧船
〔日〕宫本辉 著 信誉 译

吃鸟的女孩
〔阿根廷〕萨曼塔·施维伯林 著 姚云青 译

幻之光
〔日〕宫本辉 著 林青华 译

家庭纽带
〔巴西〕克拉丽丝·李斯佩克朵 著 闵雪飞 译

绕颈之物
〔尼日利亚〕奇玛曼达·恩戈兹·阿迪契 著 文敏 译

迷宫
〔俄罗斯〕柳德米拉·彼得鲁舍夫斯卡娅 著 路雪莹 译

奇山飘香
〔美〕罗伯特·奥伦·巴特勒 著 胡向华 译

大象
〔波兰〕斯瓦沃米尔·姆罗热克 著 茅银辉 易丽君 译

诗人继续沉默
〔以色列〕亚伯拉罕·耶霍舒亚 著 张洪凌 汪晓涛 译

狂野之夜：关于爱伦·坡、狄金森、马克·吐温、詹姆斯和海明威最后时日的故事（修订本）
〔美〕乔伊斯·卡罗尔·欧茨 著 樊维娜 译

父亲的眼泪
〔美〕约翰·厄普代克 著 陈新宇 译

回忆，扑克牌
〔日〕向田邦子 著 姚东敏 译

摸彩
〔美〕雪莉·杰克逊 著 孙仲旭 译

山区光棍
〔爱尔兰〕威廉·特雷弗 著 马爱农 译

格来利斯的遗产
〔爱尔兰〕威廉·特雷弗 著 杨凌峰 译